Einheit in Vielfalt

Translated to German from the English
version of Unity in Diversity

Ukiyoto Publishing

Alle globalen Veröffentlichungsrechte liegen bei

Ukiyoto Publishing

Veröffentlicht im Jahr 2024

Inhalt Copyright © Ukiyoto

ISBN 9789364947213

Alle Rechte vorbehalten.

Kein Teil dieser Veröffentlichung darf ohne vorherige Genehmigung des Herausgebers in irgendeiner Form auf elektronischem, mechanischem, Fotokopier-, Aufnahme- oder anderem Wege reproduziert, übertragen oder in einem Abrufsystem gespeichert werden.

Die Urheberpersönlichkeitsrechte des Urhebers wurden geltend gemacht.

Dies ist ein Werk der Fiktion. Namen, Charaktere, Unternehmen, Orte, Ereignisse, Schauplätze und Vorfälle sind entweder das Produkt der Phantasie des Autors oder werden auf fiktive Weise verwendet. Jede Ähnlichkeit mit tatsächlichen Personen, lebenden oder toten, oder tatsächlichen Ereignissen ist rein zufällig.

Dieses Buch wird unter der Bedingung verkauft, dass es ohne vorherige Zustimmung des Verlegers in keiner anderen Form als der, in der es veröffentlicht wird, verliehen, weiterverkauft, vermietet oder anderweitig in Umlauf gebracht wird.

www.ukiyoto.com

Inhalt

Geteilt und doch vereint!	1
Gedichte von Rhodesien	12
Freiheitskampf versus Unterdrückungskampf: Die Berliner Mauer	20
Kurzgeschichten von Dr. Yogesh A Gupta	41
Der Baum der Harmonie: Eine Geschichte von Einheit in Vielfalt	57
In Erinnerung an eine große Flut	63
Über die Autoren	76

Geteilt und doch vereint!

Von Kajari Guha

Es war ein typischer Montag. Die rauschenden Schritte, die eiligen Grüße, das Knittern der Kaffeetassen und das Klicken der Tastaturen! Männer und Frauen in Uniformen ließen sich an ihren Schreibtischen nieder und tauchten in E-Mails ein, die sich auf die Woche vorbereiteten, die in die kommenden Tage blickte. Die Strategiesitzungen waren geplant. Die Besprechungsräume wurden für die anstehenden Projekte gebucht. Die Manager trafen sich mit ihren Teams und setzten Prioritäten. Es war der Beginn der Arbeitswoche mit einer Mischung aus lebhaften Gesprächen und konzentrierter Konzentration. Das ND Media House ertönte vor Action. In den abgeschatteten Ecken des Medienhauses florierte jedoch schmutzige Politik und untergrub die tatsächliche Moral und Effizienz, die in der Organisation verwurzelt war.

Mittags rief Herr Anand, der Chefredakteur, Rishabh Deshpande an und fragte ihn, ob er in sein Büro kommen könne.

Rishabh hatte seinen MBA abgeschlossen und von diesem großen Unternehmen ein Angebot als Trainee erhalten. Als Newcomer genoss er den Nervenkitzel, ein neues Kapitel aufzuschlagen und die

Möglichkeiten für Wachstum und Verbesserung. Auf der anderen Seite fühlte er sich aufgrund der ungewohnten Umgebung, des Sarkasmus und der subtilen Formen des Lumpens unwohl. Als er informiert wurde, sich beim Chef zu melden, hatte er Schmetterlinge im Bauch. Er versuchte, eine Selbsteinschätzung zu bekommen. Ja! Er hatte die Excel-Tabellen ziemlich gut ausgefüllt, aber er war besorgt, da er immer noch davon erfahren hatte. Sein Stress wurde jedoch gelöst, als er feststellte, dass es nur um die Weinreben-Diskussion ging. Er wurde gefragt, ob er etwas über die Fehlinformationen und die Gerüchte wisse. Es war das Gebot der Stunde, dass das Unternehmen transparent mit seinen Mitarbeitern umgeht. Also muss er auf die Klatschgeschichten im Büro aufpassen und sollte seinen Chef informieren. Rishabh fühlte sich ein wenig erleichtert und antwortete, was er wusste, aber all dies erinnerte ihn an die monotone Kakophonie des Überlebens des Stärkeren. Er war ein einfacher Mensch, der an die Prinzipien der "Einheit in der Vielfalt" glaubte und nicht an die Theorie von "Teile und herrsche".

"Lasst uns dieses Monopol des Monotons brechen!", hallte sein Herz.

"Wie?", fragte er sich heimlich.

"Nimm dir ein paar Tage Urlaub und genieße den Schoß der Natur", murmelte sein Herz, "aber einen Job zu bekommen ist kein Kinderspiel. Wie könnte ich Urlaub nehmen, bevor ich meine Probezeit beendet habe? Ich bin kein Kind mehr und habe eine Reihe von Aufgaben auf meiner Schulter. Mein Vater leidet an Krebs. Meine Mutter ist Hausfrau, und das Alter ist für sie zum Fluch geworden, körperlich und geistig. Jeden Tag macht sie sich Sorgen um die Gesundheit ihres Mannes. Ich habe auch einen jüngeren Bruder, der noch studiert. Wenn ich meinen Job verlasse, würden alle verhungern."

Er dachte immer wieder über diese Probleme nach, als das Telefon klingelte, und er musste am Anruf teilnehmen.

Als er aus der Kabine des Chefs kam, starrten ihn seine Kollegen an, als wäre er befördert worden. Einige flüsterten ihren Freunden zu:

"Da ist etwas faul. Warum hat der Chef diesen Neuling genannt?"

"Ich denke, es geht um das Event, das nächsten Monat präsentiert wird", sagte Reshmi aus Kalkutta.

"Naaah, Kumpel! Nichts dergleichen. Er scheint sein Verwandter zu sein, vielleicht plant er etwas Besonderes ", sagte Bharti aus Orissa.

"Yaaahh...vielleicht hast du recht. Ich hasse diesen Raufbold einfach! Er kommt aus Maharashtra und würde immer seinen eigenen Staat aufmuntern. Er würde immer diejenigen beschuldigen, die aus anderen Staaten wie Tamil Nadu, AndhraPradesh, Bengalen, Bihar oder Assam usw. stammen, als ob Marathis die Ziele nur erfüllen könnten ", unterbrach Rashika aus Delhi.

Monica aus Arunachal Pradesh lächelte und genoss schweigend ihr Gespräch.

"Shhhhh - seine Wachhunde kommen. Bereiten Sie sich mit dem neuesten Bericht vor." Murmelte Soumya aus Bihar.

Soham und Sahil, die beiden Manager waren in einer fröhlichen Stimmung und sprachen ständig über das bevorstehende Event, das in Delhi stattfinden sollte.

"Weißt du, dass der Premierminister diesmal dort sein wird?" Sagte Soham.

"Nooowaayyy! Das ist doch kein Witz, oder? Jetzt gürte deine Lenden Soham. Wenn Sie Ihren Mut durch Haken oder durch Gauner beweisen, werden Sie über dieses Medienhaus herrschen. Sie können diesem lausigen alten Mann, der in der Kabine sitzt und die ganze Zeit seine kostbare britische Zigarre raucht und jedes einzelne Projekt manipuliert und den ganzen Kredit bekommt, eine Lektion erteilen." Sahil erwiderte dramatisch.

„Gott!!!! Du hast diese Zigarre wirklich betont, huh!!! Das ist eigentlich der beste Weg, um zu regieren ", sagte Soham.

"Macht korrumpiert, und absolute Macht korrumpiert absolut." Unser Chef ist das beste Beispiel dafür, aber Sahil ist die rechte Hand des Chefs. Warum spricht er gegen ihn? " Dachte Soham.

"Ich muss vorsichtig mit ihm reden. Eines Tages könnte er mich als Sündenbock benutzen, und ich würde in Schwierigkeiten geraten.

„Hier werden die wichtigsten Entscheidungen mehr von persönlichen Agenden als von den besten Interessen des Unternehmens beeinflusst. Diese giftige Umgebung kann eine ultimative Katastrophe und einen Rückgang der Kreativität und Produktivität mit sich bringen.", dachte er, aber er hatte nicht den Mut, sie mit jemandem zu teilen. Er bewegte sich eilig auf seine Kabine zu. Er schloss seine anstehenden Aufgaben ab, als sich die Uhr der vorgesehenen Entlassungsstunde näherte.

Es war das Ende des Tages, das eine spürbare Veränderung in der Atmosphäre mit sich brachte. Jeder organisierte seinen Schreibtisch, schaltete den Computer aus, sammelte die persönlichen Gegenstände und ging zum Ausgang. Ein paar verweilten für kurze soziale Interaktionen oder vielleicht Last-Minute-Zusammenarbeit. Andere machten sich auf den Weg zur Tür. Oh! Was für eine Erleichterung vom Stress des Tages!Rishabh wollte gerade gehen, aber Sahil rief ihn an, um zu sagen, dass ihr Chef ihn aus dringenden Gründen gebeten hatte, zurückzubleiben. Rishabh spürte einen stechenden Schmerz in seiner Brust, nahm ein Schmerzmittel und wartete auf das Treffen. Sahil und Soham waren bereits in der Kabine des Chefs. Er schrieb seinem jüngeren Bruder, dass er zu spät kommen würde, und er muss sich um Papa kümmern, ihm die

Medikamente geben und Mama bitten, sich keine Sorgen um ihn zu machen. Er würde gegen elf Uhr zu Hause sein, da er nicht genau wusste, wann das Treffen beginnen und enden würde. Es hatte noch nicht begonnen.

Nach einer Stunde Wartezeit wurde er ins Büro des Chefs gerufen.

Sahil und Soham waren bereits da und taten etwas auf ihren Laptops.

"Hallo junger Mann!" Der Chef begann: „Morgen musst du mit Sahil nach Delhi zu der Veranstaltung fahren, die wir präsentieren werden. Alle weltbekannten Pressen werden eintreffen. Übermorgen würden sie ein Treffen abhalten, und Sie müssen ein Know-how für die Präsentation erwerben."

Rishabh war ehrfürchtig. Es war genau wie seine Beförderung. Es schien, als hätte er das Vertrauen des Chefs gewinnen können und sei in seinen guten Büchern. Aber was würde mit der Chemotherapie seines Vaters passieren? Es war am selben Tag geplant, und er musste im Krankenhaus anwesend sein. Er war in einem dummen Zustand, aber er konnte nichts sagen. Er wurde jedoch an das Zitat erinnert,

"Wenn der Chef dein Lob singt, hüte dich vor seinen Tricks, da es eine kleine Lücke zwischen dem Klaps auf den Rücken und dem Tritt in die Hose gibt." Er lächelte über seinen eigenen Witz. Das Treffen war nach einigen Diskussionen zu Ende gegangen. Rishabh ging nach Hause.

Am nächsten Morgen begann der Tag wie gewohnt. Es war der Übergang von der persönlichen Freiheit zur beruflichen Verantwortung. Rishabh war zu sehr mit dem frischen Aktenbündel beschäftigt. Er nahm an einem von Sahil einberufenen Treffen teil. Sie mussten am Abend nach Delhi aufbrechen. Sie diskutierten über die Probleme, die aufgeworfen werden könnten, und wie sie gelöst werden können. Sie gingen, um den Chef zu treffen, um herauszufinden, ob ihm noch etwas einfiel.

Als sie das Büro ihres Chefs betraten, roch Rishabh etwas Brennendes. Er ignorierte jedoch. Sie diskutierten über das Projekt. Sahil bat Rishabh, die wichtigen Themen zu präsentieren, die behandelt werden sollten. Herr Anand rauchte seine Zigarre, der blaue Rauch ging nach oben wie die Wärme, die vom Kamin ausging.

Plötzlich gab es eine laute Explosion und es ertönten laute Alarme. Chaos und Panik folgten, als der Rauchgeruch die Luft zu durchdringen begann. Jeder rüttelte sich an seinen Aufgaben und griff nach den persönlichen Gegenständen. Es war eine Transformation von einem geordneten Büro zu einer Szene des hektischen Kampfes. Alle waren bestrebt, Sicherheitsmaßnahmen zu ergreifen. Feuerwehrleute wurden gerufen, die für solche Notfälle ausgebildet wurden. Sie leiteten den Fluss des Büropersonals. Es herrschte viel Trubel. Die Aufseher sorgten dafür, dass die Evakuierungswege frei waren und jeder das Gebäude schnell und sicher verlassen konnte. Keiner durfte den Lift benutzen.

Rishabh und Sahil kamen aus dem Büro und waren völlig schockiert. Herr Anand zögerte immer noch und genoss seine Zigarre. Soham kämpfte sich durch die Menge der Kollegen. Die meisten von ihnen drängten sich zusammen. Er betrat das Büro und war fassungslos, als er das sorglose Aussehen seines Chefs sah, der nach oben an die Decke schaute, als würde alles von den Angestellten und den Arbeitern verwaltet werden. Er konnte nicht einmal erkennen, dass das Feuer durch den Kurzschluss eines ausgefransten Drahtes in seiner Kabine verursacht wurde. Es gab Funken. Vom ausgefransten Draht waren kleine Flammen zu sehen. Da war der Geruch von brennendem Plastik und der Anblick von Rauch alarmierte alle, außer dem hochmütigen, topfbäuchigen Chef. Entscheidend war die schnelle Reaktion von Brandschutzanlagen und Rettungsdiensten. Das Feuer musste kontrolliert werden und es musste verhindert werden, dass es sich weiter ausbreitet. Der Geruch von brennendem Plastik und der Anblick von Rauch alarmierten alle. Sie lösten Alarme aus und die Evakuierungsverfahren begannen. Einige schnappten sich die Feuerlöscher, um zu versuchen, sich einzudämmen. Andere sorgten dafür, dass alle zu den nächsten Ausgängen gingen.

"Sir! Bitte verlasse deinen Platz und komm aus deinem Zimmer ", rief Soham.

Reshmi, Rashika, Bharti und Soumya kamen auf die Kabine des Chefs zugerannt.

"Sir! Bitte beeil dich und sei schnell. Das Feuer breitet sich aus." Sie schrien.

Herr Anand war in der Klemme. Er verließ widerwillig seinen Drehstuhl, es schien, als würde jemand seine Position ergreifen, wenn er diesen Sitz verließ. Dann nahm er gemächlich die Zigarre und seine Tasche und wollte sich auf die Tür zubewegen, als ein Plastikdraht in Flammen aufging und in der Nähe der Tür fiel. Er ging zur Tür. Mit seinem sperrigen Bauch war es ihm unmöglich, zur Tür seines Büros zu gehen, um aus dem Raum zu kommen.

Soham und Rashika stürzten sich auf ihn. Der Draht brannte, die Flammen tanzten herum wie eine Bauchtänzerin. Das rote und orangene Feuer war wie eine rachsüchtige Hyäne, die nach ihrer Beute suchte. Mr. Anand war auf der rechten Seite der Tür und das Feuer war auf der linken Seite. Wenn er sich beeilen könnte, würde er durch Gottes Gnade vor dem Zorn des Feuergottes gerettet werden. Aber er blieb an der gleichen Stelle in der Nähe seines Stuhls und wusste nicht, was er tun sollte. Es war keine sensationelle Nachricht, die man mit Geld kaufen konnte, und er konnte einfach keine Lösung finden.

Auch wenn Rashika erst neulich ihren Chef so sehr kritisiert hatte, vergaß sie alles und eilte mit Soham in den Raum. Beide streckten ihre Hände zu Herrn Anand aus und zogen ihn zusammen. Rashika ergriff die Tasche, und Soham unterstützte ihn, aus dem Raum zu kommen. Reshmi, Bharti und Soumya hatten auf sie gewartet. Sahil und Rishabh hatten sich ihnen ebenfalls angeschlossen. Alle versuchten, aus dem Gebäude herauszukommen. Die Treppenhäuser waren von der Hektik der Mitarbeiter überfüllt. Manager, Führungskräfte, Kehrer, Peons... ...alle waren gleichermaßen beunruhigt und mit Besorgnis geätzt. Der tödliche Vorfall führte dazu, dass sie sich unbeabsichtigt vereinten, um Herausforderungen zu meistern. Sie fühlten sich erleichtert, nachdem sie ihren Chef in Sicherheit gebracht hatten, nachdem sie der unmittelbaren Gefahr entkommen waren. Alle Mitarbeiter gehörten nicht nur verschiedenen Kasten und Glaubensbekenntnissen an, sondern auch verschiedenen Staaten und Gemeinschaften, doch gemeinsam standen sie zusammen, um gegen die drohende Gefahr zu kämpfen.

Als das gesamte Gebäude evakuiert wurde, dankte Herr Anand allen seinen Mitarbeitern und Kollegen.

„Ich habe keine Worte, um auszudrücken, wie dankbar ich all meinen Kollegen bin, die mich gerettet haben, indem sie ihr eigenes Leben riskierten. Ich bin stolz auf euch alle, dass ihr an das Sprichwort geglaubt habt: "Vereint stehen wir, geteilt fallen wir." Ich liebe euch.", sagte er.

Die Tickets von Rishabh und Sahil für den Besuch von Delhi wurden verschoben. Alle fuhren nach Hause.

Das ND Media House selbst wurde zu einer großen Sensation und ihr Büro wurde in ein nahegelegenes Gebäude verlegt.

Einheit in Vielfalt

Gedichte von Rhodesien

Diamantbemalung

Jeder Mensch ist ein Edelstein,
Gefertigt und sorgfältig platziert
Von einem Meisterhandwerker
In einer bestimmten Koordinate
Von Raum und Zeit...

Einige Steine funkeln,
Während anderen der Glanz fehlt,
Jeder mit seinem einzigartigen Farbton,
Eine Signaturvibration
Es kann sich stolz sein Eigen nennen...

Kein einzelner Stein wird weniger geschätzt;
Für jeden, egal
Von Glanz, Farbe oder Größe,
Ist zwingend notwendig
Um ein Meisterwerk zu vollenden...

Ein großer Wandteppich,
Eine Diamantkunst,
Mit dem Titel „*Humanity*" (Menschlichkeit),
Ein Komposit aus jedem Mann
In der Geschichte der Menschheit.

Wenn Ost auf West trifft

Wie kann die Morgendämmerung auf die Abenddämmerung treffen,

Oder ist der Osten mit dem Westen?

Nur ein Blick, ist es zu viel verlangt,

Soll ihr Rendezvous festgelegt werden?

Warum inmitten all der Freiheit

Dem Himmel oben geschenkt,

Die Erde bleibt gefangen

In seinem dogmatischen Fels?

Während ihre Vereinigung pure Magie ist –

Eine Verschmelzung von Kulturen,

Seine Unfruchtbarkeit ist so tragisch,

Mögliche Futures berauben.

Eine Zukunft einer besseren Rasse,

Die Menschheit vom Feinsten,

Der Tag, an dem Himmel und Erde sich küssten,

Der goldene Moment Osten schließt sich dem Westen an.

Sieben

Wie ein exquisites Geschenk von sieben Himmeln,
Sind die Farben, die den Himmel im Einklang durchziehen,
Dicht gestrickt, vollständig und untrennbar,
Sieben verschiedene Energien, die ein Ganzes bilden,
Umso abwechslungsreicher, umso schöner.

Wenn nur die sieben Kontinente der Erde
Kann die Beziehung im Regenbogen spiegeln,
Jeder Bereich ist ein eigenständiger und bedeutender Teil,
Jede Kultur strahlt ihren einzigartigen Glanz aus,
Umso vielfältiger, umso wunderbarer.

Friedlich zusammenleben, gleichberechtigt gedeihen,
Wo das Wachstum von einem das Wachstum von allen ist,
Und der Schmerz des Einen durchdringt das Ganze,
Wo Unterschiede nicht beschämt, sondern gefeiert werden,
Umso ausgeprägter, umso einheitlicher.

Symphonie

Wie lebendig - dieser blaue Planet, aus der Ferne,
Pulsierendes Leben in jeder Ecke,
Wie eine Symphonie -
Von Wasserfällen, Wellen und Winden,
Mit dem Flattern der Schmetterlingsflügel,
Schlagfüße von Pinguinen,
Morgenchor, Trauerheulen,
Stille und Ständchen.
Der erste Schrei des Babys, die erste Luftfüllung,
Stimmen, Gespräche, gedämpfte Nachrichten,
Liebe, Lachen, Wiegenlieder,
Süße Grüße und traurige Abschiede.

Verträumt im Weltall treiben,
Im eigenen Herzschlag tanzen
Von menschlichen Emotionen und Erfahrungen,
Verstreut wie Glühwürmchen auf seiner Oberfläche,
Ein anderer Ton, ein unterschiedliches Timbre,
Ein schwankendes Tempo, eine wechselnde Trittfrequenz,

Eine Vielzahl von Sprachen,

Alle, die versuchen, sich auszudrücken und auszutauschen,

Zu lernen, zu verstehen; zu wachsen, zu expandieren

Das vorherrschende Bewusstsein des Menschen,

Denn nur wenn wir diese Vielfalt annehmen,

Die Erde kann eine harmonische Einheit verwirklichen.

Worldwide Web

Wir sind alle auf komplizierte Weise miteinander verbunden

In einem Netz sozialer Ökosysteme

Kontinuierliche Aufrechterhaltung des Gleichgewichts

Für den Unterhalt der menschlichen Gesellschaft.

Jede Person, jeder Clan und jede Nation,

Mit einem Zweck und einer Funktion,

Ganz eigene -

Ein Unterschriftsbeitrag.

Von Tomaten bis Lachs,

Von Mikrochips bis hin zu Erdöl,

Von Krankenschwestern und Pflegekräften,

Für Techies und Lehrer.

Von Prärien bis zu Bergen,

Von Wüsten bis zu Ozeanen,

Vom ländlichen zum städtischen,

Von jungfräulich bis modern.

Wir sind alle in einem weltweiten Web,
Und jede Vibration wird übertragen
In einer sozialen neuronalen Verbindung, die miteinander verbunden ist,
Wo wir ein für alle Mal vereint sind.

Freiheitskampf versus Unterdrückungskampf: Die Berliner Mauer

Von Aurobindo Ghosh

Haftungsausschluss:

1. Historisch aufgezeichnete Tatsachen und wahre Vorkommnisse sind keine Fiktionen.

2. Dieses Dokument enthält relevante Informationen, die durch umfangreiche Recherchen ohne Hinzufügung oder Löschung gesammelt wurden.

3. Ob gegen die Diktatur oder das Kolonialregime, alle, die gekämpft haben, sind Freiheitskämpfer.

4. Populäre Namen von Freiheitskämpfern sind allen bekannt und so versuchte der Autor, einige unbesungene Helden zu finden, die ihr Leben für die gleiche Sache opferten, aber nie erkannten.

5. Der Autor ist allen dankbar, die in Büchern, Zeitungen, Kinos etc. die Opfer vieler unbekannter Freiheitskämpfer dokumentiert haben.

Einschränkung:

1. Der Autor hat versucht, die Geschichte von Hitlers

Deutschland während des Zweiten Weltkriegs zusammenzufassen, ohne die von Historikern aufgezeichneten Vorfälle zu ändern. Der Autor möchte gestehen, dass er, da er die deutsche Sprache nicht kennt, die Bedeutung berühmter Reden Hitlers und anderer deutscher Führer nicht lesen oder verstehen konnte.

Kapitel 1
Hintergrund der Vernichtung

Mahatma Gandhi, Indira Gandhi, Rajeev Gandhi aus Indien, Sheikh Muzibur Rahman aus Bangladesch, Julfikar Ali Bhutto, Benazir Bhutto, Zia-Ul-Haq aus Pakistan, Nelson Mandela aus Südafrika, Abraham Lincoln, John F. Kennedy, Martin Luther King Jr. aus den USA, Adolf Hitler aus Deutschland, Benito Mussolini aus Italien, Saddam Husain aus dem Irak, Osama Bin Laden aus Al Qaida und viele andere aus verschiedenen Teilen dieser Welt starben entweder für ihre gute Arbeit oder für ihre schlechte Arbeit eines unnatürlichen Todes. Selbsternannte Richter der Gesellschaft, bestrafen sowohl gute Menschen als auch die schlechten Menschen. Sie entscheiden im Dunkeln sitzend, wann und wie der Sozialaktivist Martin Luther King Jr. oder der gewaltfreie Prediger Mahatma Gandhi eliminiert werden. In einem anderen dunklen Raum plant eine andere Gruppe, Mussolini, Hitler oder Zia zu eliminieren. Befürworter und Betreiber sowohl der Freiheit als auch der Unterdrückung sind überall auf dieser Erde allgegenwärtig. Es wird ein Fehler sein zu glauben, dass alle Menschen dieser Welt Frieden und Harmonie wünschen. Es gibt viele Seelen, die sich an Instabilität und Unsicherheit erfreuen. Wir können diese situative Tatsache als "Hasskoexistenz" bezeichnen.

Seit anderthalb Jahrhunderten erlebte die Welt das Blutbad auf dem afrikanischen Kontinent. Die Führer sahen sich einer nach dem anderen mit einer mysteriösen Eliminierung konfrontiert, die systematisch aus unbekannten Gründen durchgeführt wurde. Bemerkenswert unter ihnen waren Malcolm X, Martin Luther King Jr., Medgar Evers, Fred Hampton, Marcus Garvey, Patrice Lumumba, Steve Biko, Amilcar Cabral, Thomas Sankara, Walter Rodney, Chris Hany, Edgar Medici, Hector Pieterson, Rosa Luxemburg und Nita Barrow und viele andere.

Grundursache der Unterdrückung:

Die Monarchien Europas spielten bereits ab dem 15.^{Jahrhundert} eine entscheidende Rolle bei der Etablierung expansionistischer Traditionen, die zum Kolonialismus führten. Diese Ära, die durch das Zeitalter der Erforschung gekennzeichnet war, sah auch europäische Mächte, die ihre Reichweite über den gesamten Globus einschließlich des indischen Subkontinents ausdehnten, angetrieben von einer Kombination aus wirtschaftlichem Interesse, religiösem Eifer und geopolitischem Ehrgeiz. Die Wurzeln der europäischen Expansion lassen sich auf die Konsolidierung mächtiger Monarchien in Ländern wie Spanien, Portugal, Österreich, England, Frankreich und den Niederlanden zurückführen. Diese Monarchien, angetrieben von dem Wunsch nach enormem Reichtum und Ressourcen, begannen mit der Erforschung von Übersee, um neue Handelsrouten und Territorien zu finden. Die lange christliche Kampagne zur Rückeroberung Spaniens und Portugals ist als Reconquista bekannt, was Rückeroberung bedeutet. Traditionell soll die Reconquista 718 in der Schlacht von Covadonga begonnen haben. In diesem Kampf haben Christen aus dem kleinen Königreich Österreich in Nordspanien einen Sieg über die Mauren errungen. Dieser Prozess der Rückeroberung ist vielleicht der längste Kampf in der Geschichte der Menschheit. Sie wurde 1492 fertiggestellt. Erwerb von freien Ressourcen und Eifer für weitere Eroberungen und Erkundungen, verkörpert durch die Reisen von Christoph Kolumbus unter den katholischen Monarchen Ferdinand und Isabella.

Kapitel 2

Ursachen für den Aufschwung des interkontinentalen Expansionismus:

Monarchien spielten eine entscheidende Rolle bei der Finanzierung und Legitimierung dieser Expeditionen. Zum Beispiel leitete Prinz Henry, der Navigator Portugals, die frühen Erkundungsbemühungen entlang der westafrikanischen Küste und legte den Grundstein für das portugiesische Reich. Die spanische Krone unterstützte zahlreiche Expeditionen nach Amerika, die zur Eroberung riesiger Gebiete führten. Der von der katholischen Kirche vermittelte Vertrag von Tordesillas (1494) teilte die neu entdeckten Länder außerhalb Europas zwischen Portugal und Spanien auf und demonstrierte die zentrale Rolle von Monarchien und Religion in den frühen kolonialen Bestrebungen.

Wirtschaftliches Motiv war der Ableger religiöser Aggression auf fernem Land. Das primäre wirtschaftliche Motiv des Kolonialismus war die Suche nach neuen Handelsrouten (wie der Seidenstraße) und Ressourcen. Einige primäre und wertvolle Rohstoffe wie Seidenfaden, Gewürze, Gold, Silber, Smaragd und andere Mineralien waren sehr gefragt. Die merkantilistische Wirtschaftspolitik jener Zeit, die die Anhäufung von Wohlstand durch Handelsüberschuss und die Ausbeutung von Kolonien betonte, spornte die europäischen

Monarchien an, ihre Übersee-Imperien aufzubauen und auszubauen. Einige der Reiche, die den größten Teil dieser Welt regierten, sind das Portugiesische Reich, die Yuan-Dynastie, das Umayyaden-Kalifat, das Abbasiden-Kalifat, das Zweite Französische Reich, das Spanische Reich, die Qing-Dynastie, das Russische Reich, das Mongolische Reich, das Britische Reich und das Osmanische Reich oder das Türkische Reich. Der Zustrom von enormem Reichtum in der jeweiligen Schatzkammer verwandelte diese Imperien in eine herausragende globale Macht.

Religiöser Eifer spielte auch im europäischen Kolonialismus eine bedeutende Rolle. Die Verbreitung des Christentums wurde oft verwendet, um die Unterwerfung und Bekehrung der indigenen Bevölkerung zu rechtfertigen. Missionen und Missionare begleiteten die Entdecker und Siedler mit dem Ziel, nichtchristliche Bevölkerungen zu bekehren und in das Kolonialsystem zu integrieren. Bekehrte Christen wurden immer mit Geld und Freundlichkeit belohnt. Sie wurden als den nicht konvertierten Einheimischen überlegen anerkannt. Unschuldige Einheimische würden vom höheren Lebensstandard konvertierter Christen angezogen und würden konvertiert werden, was den Prozess zu einer zyklischen Kette machen würde.

Kapitel 3

Wettbewerb, Konflikte und Auswirkungen auf Kolonialregionen:

Unvermeidlich ist es passiert. Als die europäischen Mächte ihre Territorien ausdehnten, forderten Interessenkonflikte ihren Tribut. Anfangs waren die Konflikte zwischen den Staaten minimal, aber als die Beute massiv wurde, wuchs der Konflikt tödlich, was zu einem Krieg zwischen ihnen führte. Berühmt unter ihnen waren der anglo-spanische Krieg, der niederländisch-portugiesische Krieg und zahlreiche französisch-britische Kolonialkonflikte, die zu einer intensiven Rivalität zwischen den europäischen Mächten führten. Die koloniale Bevölkerung sah sich mit verschiedenen Arten von Problemen konfrontiert, als die Macht auf eine andere Partei überging. Nehmen wir zum Beispiel an, eine Kolonie wurde fast ein halbes Jahrhundert lang von einem französischen Monarchen verwaltet. Das Kolonialvolk passte die französische Kultur an, wie sie von den französischen Bossen gelehrt wurde. Plötzlich drangen britische Truppen in dasselbe Territorium ein. Der Krieg begann und der britische Monarch gewann die Schlacht und die koloniale Ausrichtung wurde auf den britischen Monarchen verlagert. Von da an war das Leben der Einheimischen in Gefahr. Die britische Kultur und die französische Kultur kollidierten, um die Vorherrschaft zu erlangen. Nach zwei drei Jahrzehnten britischer Herrschaft begannen die

Menschen, die britische Kultur einschließlich der Sprache anzupassen. Im selben Haus folgten die Ältesten der französischen Kultur und die neue Generation der britischen Kultur. Die Auswirkungen des Krieges waren verheerend. Sowohl die Franzosen als auch die Briten führten auf fremdem Boden Krieg gegeneinander. Die indigenen Bevölkerungen waren brutalen Eroberungen, Zwangsarbeit und Krankheiten ausgesetzt, gegen die sie keine Immunität hatten. Die Demografie der Region war einem Wandel unterworfen. Dies gipfelte im nachfragegetriebenen transatlantischen Sklavenhandel. Aus diesem Grund sehen wir heute Millionen afrikanischer Familien in allen Teilen Europas und Amerikas. Diese Expansionskriege führten zu einer Neugestaltung der Demographie der ganzen Welt. Letztendlich kam die Zeit, in der die indigene Bevölkerung die eigentliche Absicht der kolonialen Monarchen verstand und begann, über ihre eigene Unabhängigkeit nachzudenken. Langsam und stetig gewannen sie die Unterstützung des Volkes, um Kriege gegen den Kolonialherrscher zu führen. Eines nach dem anderen wurden die Länder unabhängig, obwohl der koloniale Einfluss bereits den Lebensstil verändert hatte, der durch die anhaltende Regierung ausländischer Staaten beeinflusst wurde. Die Bevölkerung vieler afrikanischer Länder spricht entweder Spanisch oder Französisch oder Englisch als Landessprache. Ihren eigenen afrikanischen Dialekt haben sie längst vergessen. Sie konnten ihre eigene Identität nicht retten. Vor kurzem hat eine Gruppe von Sozialwissenschaftlern diese Sprachen ausgegraben, um sie vor dem Aussterben zu bewahren.

Beispiel:

Auch nach der Erlangung der Unabhängigkeit blieben die kulturellen Überzeugungen als Lebensstil erhalten. In Indien ist nach 75 Jahren Unabhängigkeit immer noch die Mehrheit der Inder der Meinung, dass die Briten die überlegene Rasse sind, und Englisch zu sprechen ist eine Frage des Stolzes. Sogar Inder der unteren Mittelschicht bevorzugen englische Mittelschulen für ihre Kinder. Wie erbärmlich! In vielen Haushalten ist es Gewohnheit, sich auf Englisch zu unterhalten. Oft schämen sie sich, in ihrer Muttersprache zu sprechen. Goa, ein Staat im westlichen Teil Indiens, stand unter portugiesischer Herrschaft, Pondicherry (Puducherry) im südlichen Teil Indiens unter französischer Herrschaft, ein Teil von Bengalen unter niederländischer Herrschaft und der Rest Indiens unter britischer Herrschaft. Mehrere Regionen der Welt erlebten die Kolonisierung durch mehrere Länder und waren ein wiederkehrendes Thema. Südostasien, die Karibik, der afrikanische Subkontinent standen unter der Kolonialherrschaft mehrerer Länder. Vietnam, Laos, Kambodscha wurden von Franzosen und Japanern kontrolliert. Indonesien war bis zum Zweiten Weltkrieg als Französisch-Indonesien bekannt. Danach übernahmen die Japaner die Kontrolle. Die auffälligsten beruflichen Veränderungen ereigneten sich auf St. Lucia, einer karibischen Insel, die zwischen dem 17. und 19.^Jahrhundert vierzehnmal zwischen Franzosen und Briten wechselte.

Kapitel 4

Innerstaatlicher Konflikt in Deutschland:

In den vorangegangenen Kapiteln haben wir über die Entstehung kolonialer Regeln durch stärkere Nationen gegenüber moralisch schwächeren Nationen diskutiert. Selbst wenn sie natürlichen Reichtum im Überfluss hätten, könnten sie nicht die notwendige vereinte Kraft sammeln, um dem Angreifer entgegenzutreten. Selbst Indien konnte die Absicht des britischen Kaufmanns „East India Company" nicht verwirklichen, der gekommen war, um in diese riesige Nation einzumarschieren und sie in eine Kolonie zu verwandeln. Das ist auch allen anderen Ländern passiert.

Eines der einflussreichsten europäischen Länder, das ebenfalls am Expansionsmechanismus teilnahm, war Deutschland. Dieses Land erlebte viele Höhen und Tiefen. Einst eine blühende Supermacht, musste Deutschland auf seinem eigenen Boden knien. Es ist eine Geschichte von Reichtum zu Teppichen und dann wieder zurück zu seinem ursprünglichen Format. Es ist eine Geschichte von Wahnsinn, Brutalität, Verwüstung auf der einen Seite, Entschlossenheit, Tapferkeit, Mut und temperamentvollen Köpfen auf der anderen Seite.

Historische Fakten:

Nach dem Ersten Weltkrieg und nach dem Vertrag von Versailles führten harte Strafen und Reparationen für Deutschland zu wirtschaftlicher Not und nationaler Demütigung. Die Situation war so schlimm, dass es für die Mehrheit der deutschen Bevölkerung zum Traum wurde, mit zwei quadratischen Mahlzeiten am Leben zu bleiben. Sie brauchten dringend und dringend einen Anführer, der ihr Schiff aus stürmischem Wasser in ein vergleichsweise ruhiges steuert. Sie sahen diesen Führer in Adolf Hitler. Sie brauchten einen Verein, der ihnen half, durch die schwierige wirtschaftliche Notlage zu kommen. Die Nationalsozialistische Deutsche Arbeiterpartei (NSDAP) wurde gegründet. Anfangs leistete Hitler wunderbare Arbeit, um die verschiedenen politischen Gruppen zu koordinieren und sie zu motivieren, gegen die strengen Wirtschaftssanktionen zu kämpfen, die gegen sie verhängt wurden. Er war ein leidenschaftlicher Redner und konnte die ganze Menge von Menschen faszinieren, die kamen, um seinen Reden zuzuhören. Langsam holte er Deutschland aus allen wirtschaftlichen, sozialen, kulturellen und politischen Problemen heraus. Aber zu diesem Zeitpunkt wandelte er die einst populäre Nazi-Partei langsam und stetig in eine autokratische um. Zu der Zeit, als die allgemeinen Menschen verstehen konnten, was vor sich ging, war Adolf Hitter der einzige und mächtige Diktator Deutschlands geworden. Er entwickelte eine Vision für sich selbst, und das war "Die Deutschen sind die arische Herrenrasse".

Innerhalb kürzester Zeit machte er Deutschland zu einer mächtigen europäischen Nation. Er konnte die vergangene Demütigung seines Landes durch andere europäische Nationen nie vergessen. Er wollte sich immer rächen. Gleichzeitig entwickelte Hitler den Drang, die Ausdehnung des deutschen Territoriums wie auch anderer europäischer Länder zu erforschen. Seine erste aggressive Invasion Polens am 1. September 1939 löste den Zweiten Weltkrieg aus, der sechs Jahre und einen Tag dauerte. Sie endete mit der japanischen Kapitulation am 2. September 1945. Über 50 Millionen Soldaten und Zivilisten verloren in diesem Zeitraum ihr Leben. Hitler startete dann am 10. Mai 1940 eine Offensive im Westen. Innerhalb eines Monats, im Juni 1940, kapitulierte Frankreich vor Deutschland. Kurz nach zwei Wochen griff Deutschland Großbritannien am 10. Juli 1940 an. Der ausgewachsene Krieg, bekannt als die Schlacht um England, begann am 25. Juli 1940. Der Blitzkrieg (Blitzkrieg) begann am 29. Dezember 1940. London wurde in der Nacht des 24. August 1940 bombardiert. In der folgenden Nacht befahl der britische Premierminister Sir Winston Churchill einen Angriff auf Berlin, die Hauptstadt Deutschlands. Die Welt sah mehr als einen massiven rücksichtslosen Angriff wie die russische Invasion, Pearl Harbor, Nagasaki, Hiroshima und schließlich die japanische Kapitulation.

Kapitel 5

Hitlers Deutschland: Eine kurze Analyse der Zeit vor und nach dem Zweiten Weltkrieg:

Wie bereits erwähnt, wurde Hitler 1933 zum Kanzler Deutschlands ernannt. Der Name des Parlamentsgebäudes war Reichstag. Am 27. Februar 1933 setzte ein Herr Van Der Lubbe das Reichstagsgebäude in Brand. Er wurde sofort verhaftet. Mit diesem Vorfall als Vorwand erließ Hitler die berüchtigte "Reichstagsbrandverordnung", die die bürgerlichen Freiheiten aussetzte. Das Ermächtigungsgesetz von 1933 gab Hitler diktatorische Macht, die es ihm ermöglichte, demokratische Institutionen abzubauen und Oppositionen zu unterdrücken.

Er setzte schnell eine Politik um, die auf der Ideologie der arischen Vorherrschaft und des Antisemitismus (gegen Juden) basierte. Juden, politische Gegner und andere Minderheiten wurden verfolgt. 1935 verabschiedete Hitler das wahlloseste Gesetz der politischen Geschichte aller Zeiten, "Die Nürnberger Gesetze 1935", das den Juden die Staatsbürgerschaft und die Rechte entzog. Hitlers Außenpolitik zielte auf zwei wichtige Entscheidungen ab: (a) Rückgängigmachung des Versailler Vertrages und (b) Ausweitung des deutschen Territoriums. Nach der Remilitarisierung des Rheinlandes 1936 annektierte er

Österreich (Anschluss, 1938) und das Sudetenland von der Tschechoslowakei, was 1938 zu einem Münchner Abkommen führte.

Zweiter Weltkrieg und Deutschlands Schicksal:

Der Zweite Weltkrieg begann am 1. September 1939, als Deutschland in Polen einmarschierte. Großbritannien und Frankreich erklärten Deutschland zwei Tage später den Krieg. Deutschland setzte schnell seine Blitzkriegstaktik (Blitzkrieg) ein und nutzte schnelle und koordinierte Streiks, um 1940 einen Großteil Europas einschließlich Frankreichs zu überrennen. Der Krieg breitete sich aus, als Deutschland in die Sowjetunion einmarschierte (Operation Barbarossa, 1941) und sich die Achsenmächte bildeten, darunter Italien und Japan. Der Holocaust, eine der schwersten Gräueltaten der Geschichte, sah den systematischen Völkermord an sechs Millionen Juden und Millionen anderer, darunter Roma, Behinderte und politische Dissidenten, in speziell errichteten Konzentrations- und Vernichtungslagern.

Von 1939 bis 1942 kämpfte Deutschland an mehreren Fronten. Die Gier, fremde Länder zu besetzen, zwang Adolf Hitler, Hunderttausende seiner Elitesoldaten für einen Krieg einzusetzen, der keine Zukunft hatte, sondern zum Untergang einlud. Mitte 1942 begann sich das Blatt gegen Deutschland mit deutlichen Niederlagen bei Stalingrad und El Alamein zu wenden. Die alliierten Streitkräfte einschließlich der USA, Großbritanniens und der Sowjetunion starteten gemeinsam eine erfolgreiche Offensive in Nordafrika, Italien und der Normandie (D-Day, 1944). Die Streitkräfte der Alliierten schlossen sich 1945 sowohl von Osten als auch von Westen her Deutschland an. Zahlreiche Soldaten und Zivilisten verloren ihr Leben. Die alliierten Streitkräfte begannen mit der intensiven Suche nach dem Meister des Verbrechens Adolf Hitler. Sie konnten ihn nicht finden. Wie ein Feigling beging er am 30. April 1945 in einem Bunker Selbstmord. Eine Woche später kapitulierte Deutschland am 7. Mai 1945. Hitler war nicht da, um Zeuge zu werden, wie das zerstörte Deutschland zerbrach und zerschmettert wurde. Er hatte nicht den Mut, die Verantwortung für seine Missetaten zu übernehmen und sich vor Gericht zu stellen. Was für eine Schande!!

Deutschland wurde in vier Besatzungszonen unterteilt, die von den USA, Großbritannien, Frankreich und der Sowjetunion kontrolliert wurden. Die Teilung führte schließlich 1949 zur Gründung zweier getrennter Staaten: der Bundesrepublik Deutschland (Westdeutschland) und der Deutschen Demokratischen Republik (Ostdeutschland). Vor dem Wiederaufbau nach dem Krieg begann der Nürnberger Prozess 1946, die Kriegsverbrecher zu bestrafen.

Kapitel 6

Die berüchtigte Berliner Mauer:

Die Berliner Mauer war eines der mächtigsten Symbole des Kalten Krieges und repräsentierte die Trennung zwischen dem kommunistischen Osten und dem kapitalistischen Westen. Seine Geschichte ist ein Zeugnis der politischen und ideologischen Kämpfe des 20. Jahrhunderts. Die 1961 errichtete Berliner Mauer trennte nicht nur Ost- und Westberlin, sondern wurde auch zu einer greifbaren Manifestation des Eisernen Vorhangs, den Winston Churchill berühmt beschrieb. Im Laufe der 1960er Jahre wurde der Kontrast zwischen den beiden deutschen Staaten stark. Westdeutschland erlebte eine rasche wirtschaftliche Erholung und ein schnelles Wachstum, das oft als „Wirtschaftswunder" oder Wirtschaftswunder bezeichnet wird, während Ostdeutschland unter einem kommunistischen Regime kämpfte, das durch wirtschaftliche Not und politische Unterdrückung gekennzeichnet war. Diese Ungleichheit führte zu einem Massenexodus von Ostdeutschen, die nach besseren Möglichkeiten im Westen suchten. Bis 1961 waren etwa 3,5 Millionen Menschen aus Ostdeutschland geflohen, was zu einer erheblichen Abwanderung von Fachkräften und einem Arbeitskräftemangel im Osten führte.

Um diese Migration zu stoppen, errichtete die ostdeutsche Regierung mit sowjetischer

Unterstützung am 13. August 1961 die Berliner Mauer. Ursprünglich aus Stacheldraht und Schaltschranken bestehend, wurde die Grenze bald durch eine beeindruckendere Struktur ersetzt: eine 12 Fuß hohe und 27 Meilen lange Betonwand, befestigt mit Wachtürmen, Anti-Fahrzeuggräben und einem "Todesstreifen", der Stolperdrähte und andere Abschreckungsmittel enthielt. Diese Barriere schottete West-Berlin effektiv von der umliegenden DDR und Ost-Berlin ab.

Die Berliner Mauer teilte die Stadt nicht nur physisch, sondern symbolisierte auch die Grenzteilung Europas. Viele Ostdeutsche versuchten zu überqueren und wurden getötet, und nur wenigen gelang es, die Grenze zu überqueren. Die Wand auf der Westseite diente als Leinwand für politische Äußerungen: Wände waren mit Graffiti und Kunst bedeckt, die die Teilung verurteilten und Freiheit und Einheit forderten. Aber die östliche Seite war eine Geschichte von Kontrolle und Leiden.

Nach langen 28 Jahren zahlreicher Agitation, Proteste, Märsche, wirtschaftlicher Kämpfe innerhalb des Ostblocks erlaubte die ostdeutsche Regierung ihren Bürgern das freie Reisen zwischen Ost- und Westberlin und machte die Existenz der Mauer überflüssig. Es war der Anfang vom Ende des Kalten Krieges. Am 9. November 1989 fiel die große Mauer der Teilung. Viele unschuldige Menschen kamen ums Leben, um die lange geschuldete Freiheit des ostdeutschen Volkes zurückzugewinnen. Heute erinnern Reste der Berliner Mauer eindringlich an die brutale Vergangenheit. Gedenkstätten und Museen, die seiner Geschichte gewidmet sind, erziehen neue Generationen über die Folgen einer repressiven Haltung und den Wert von Freiheit und Einheit. Das Vermächtnis der Berliner Mauer bleibt als kraftvolles Symbol der Widerstandsfähigkeit und des zugrunde liegenden menschlichen Geistes angesichts der Unterdrückung bestehen.

Epilog

Im Herzen Berlins erhob sich eine Mauer,

Die Stadt teilen, den Himmel teilen.

Ziegel auf Ziegel, kalter Krieg und streng,

Ein Symbol der Teilung von Trauer und Angst.

Im Osten und Westen zerrissene Leben,

Familien trennten Herzen schwer und klug.

Graffiti und Stacheldraht, stark und hoch,

Geschichten von Kämpfen, die in die Wand geätzt wurden.

Doch die Hoffnung hielt an, als das Flüstern laut wurde,

Stimmen der Freiheit brechen das Grabtuch.

Bis zu einer schicksalhaften Nacht gab die Mauer nach,

Auf Träume und Wiedervereinigungen, auf einen helleren Tag.

Jetzt ein Relikt der Geschichte, eine Lektion für alle,

Von der Spaltungsmacht der Einheit.

Berlin steht frei, ein Testament klar,

Diese Mauer der Unterdrückung kann verschwinden.

Kurzgeschichten von Dr. Yogesh A Gupta

Wir sind anders, wir sind gleich

Indien ist ein Land, dessen Präambel es zu einer souveränen, sozialistischen, säkularen, demokratischen und republikanischen Nation erklärt. Sie hält die Grundsätze der Gleichheit, Freiheit, Brüderlichkeit und Gerechtigkeit für alle aufrecht. Seit 1947 erleben wir jedoch die spaltende Taktik, die von den Kolonialherren geerbt wurde. Sie verfolgten eine Strategie des Teilens und Herrschens, um ihre Macht aufrechtzuerhalten, und selbst als sie weggingen, hinterließen sie die anhaltende Wunde des hinduistisch-muslimischen Konflikts. Der Schmerz und die Demütigung der Teilung von 1947 bleiben sowohl für Indien als auch für Pakistan unvergesslich. Im Laufe der Zeit sind einige Wunden verheilt, und Indien hat sich zu einer vielfältigen Nation entwickelt, die in verschiedenen Bereichen der Gesellschaft ein exponentielles Wachstum und eine exponentielle Entwicklung erlebt.

Trotz dieser Fortschritte haben das Aufkommen des digitalen Zeitalters und die zunehmend toxische Politik zu einem fabrizierten Gefühl der Spaltung in der Gesellschaft geführt. Diejenigen, die in verschiedenen Gemeinschaften leben und arbeiten, können jedoch die wahre Einheit und Vielfalt bezeugen, die es gibt. Während Festen, medizinischen Krisen oder Umweltkatastrophen kommen Menschen zusammen, um sich gegenseitig zu helfen, unabhängig von Kaste, Glauben oder Religion. Regierungen, unabhängig von ihrer politischen Zugehörigkeit, engagieren sich diskriminierungsfrei in Wohlfahrtsaktivitäten. Leider porträtieren die Medien oft ein anderes, hasserfüllteres Bild.

Als Arzt erlebe ich, was viele nicht tun. Ich sehe Einheit in Vielfalt und Liebe überall. Ich glaube fest daran, dass sich der wahre Charakter einer Gesellschaft oder eines Landes in Zeiten der Krise oder persönlicher Not offenbart.

Ich arbeite in einem Multi-Spezialkrankenhaus, in dem über 50 Fachärzte unermüdlich Patienten betreuen. Insbesondere unsere Nephrologieabteilung hat in den letzten zehn Jahren erhebliche Fortschritte gemacht und gilt als eine der besten Nierentransplantationsabteilungen. Patienten aus Gujarat, Rajasthan und Madhya Pradesh kommen mit der Hoffnung auf eine bessere Behandlung von Nierenproblemen hierher. Tausende kommen zur Dialyse, und Hunderte warten auf Nierentransplantationen. Viele hoffen auf eine Organspende von einem hirntoten Patienten, während andere Angehörige haben, die bereit sind, ein Organ zu spenden, um ihr Leben zu retten.

Eine solche Person war Rafiq Khan, ein kleiner Geschäftsmann aus Rajasthan. Er lebte ein friedliches und zufriedenes Leben mit seiner Frau Suhana und ihren beiden Kindern Ayesha und Athiya. Seine Eltern lebten mit seinem jüngeren Bruder und seiner Familie in einem nahegelegenen Haus. In der Nachbarschaft galten sie als ideale Familie, die das Leben genoss und Gott für seine Unterstützung und Führung dankte.

Allerdings sind nicht alle Tage gut. Gott prüft die Menschen auch mit Nöten. Während einer Malaria-Epidemie im Bundesstaat erkrankte Rafiq an einem schweren Fall der Krankheit. Obwohl er sich erholte, hatte die Krankheit seine Nieren dauerhaft geschädigt. Sein Zustand verschlechterte sich und entwickelte sich von Medikamenten zu Dialyse. Wie viele Patienten, die eine bessere Behandlung suchten, kam Rafiq nach Ahmedabad. Da mein Krankenhaus das älteste der Stadt ist, kennen es viele Patienten namentlich. Rafiqs Familie brachte ihn in die Nephrologie, und seine Behandlung begann.

Ein Jahr lang wurde Rafiq alle 15 Tage dialysiert. Schließlich riet der leitende Nephrologe zu einer Nierentransplantation. Die Nachricht war verheerend für die Familie, da Rafiq der einzige Ernährer war, die Kinder zu jung waren und seine Eltern älter waren. Aber in schwierigen Zeiten werden Beziehungen auf die Probe gestellt. Suhana beschloss, ihre Niere an Rafiq zu spenden. An diesem Tag weinte die ganze Familie und fragte sich, warum sie trotz ihrer Treue, Nächstenliebe und der guten Werte, die sie ihren

Kindern beigebracht hatten, solchen Prüfungen ausgesetzt waren.

Suhana stärkte jedoch ihre Entschlossenheit, indem sie sagte: „Rafiq, verfluche Gott nicht. Er hat die Krankheit gegeben, aber Er hat auch die Behandlung gegeben. Er hat mir die Kraft gegeben, diese Entscheidung für die bessere Zukunft unserer Familie und unserer Kinder zu treffen. Wir werden das gemeinsam durchstehen und mit Gottes Hilfe und Führung gestärkt hervorgehen."

Am nächsten Tag kehrten sie ins Krankenhaus zurück und informierten die Ärzte über ihre Entscheidung. Als Ärzte sind wir von solchen Handlungen der Selbstlosigkeit nicht überrascht, weil wir sie täglich erleben. Solche Taten bestärken unseren Glauben an Gott und motivieren uns, jeden Patienten mit Hingabe zu behandeln.

Suhana unterzog sich allen notwendigen Tests, um festzustellen, ob ihre Niere stimmte. Ein Tag verging mit all den Tests, und die Ergebnisse waren für alle ein Schock: Ihre Niere war kein Match. Als Ärzte sind wir immer auf solche Ergebnisse vorbereitet, insbesondere bei Ehepaaren, bei denen die Blutgruppen oft unterschiedlich sind. Wieder einmal sahen sich Rafiq und seine Familie der Verzweiflung gegenüber.

Rafiq und Suhana waren seit einem Jahr in dieses Krankenhaus gekommen. Alle 15 Tage kamen sie zur Dialyse und lernten im Laufe der Zeit viele andere Patienten in ähnlichen Situationen kennen.

Gemeinsam zu leiden führt oft zu Freundschaften, und sie lernten viel über die Familien, Jobs, Kinder und vergangenen Leben des anderen kennen.

Ein solcher Patient war Prabhu Sharma, ein Lehrer aus Madhya Pradesh. Er war ein Mann mittleren Alters mit einer Frau, Seema, einem Kind namens Suraj, und seiner Mutter, die bei ihm lebte. Prabhu litt seit einem Jahr an Knieschmerzen aufgrund von Chikungunya, die er sich im Vorjahr zugezogen hatte. Der ständige Schmerz und seine Arbeit, die ihn dazu zwang, den ganzen Tag zu stehen, führten dazu, dass er viele Schmerzmittel konsumierte. Eines Tages, während er diese Schmerzmittel einnahm, litt er an starkem Durchfall und Erbrechen, was zu Austrocknung führte. Aufgrund unzureichender medizinischer Versorgung entwickelte Prabhu Nierenprobleme.

Anfangs hoffte der Arzt, dass sich seine Nieren erholen würden, da der Schaden auf Dehydratation zurückzuführen war. Der längere Einsatz von Schmerzmitteln hatte jedoch bereits zu erheblichen Schäden geführt. Am Ende von drei Monaten wurden Prabhu und Seema darüber informiert, dass er eine chronische Nierenerkrankung hatte, was einen dauerhaften Schaden bedeutet, und dass er eine Dialyse benötigen würde. Die Familie war ungläubig und suchte Meinungen von mehreren Ärzten, aber jedes Mal wurden ihre Hoffnungen zunichte gemacht, da die Diagnose gleich blieb. Schließlich akzeptierten sie die Realität.

Verwandte rieten ihnen, sich in Mumbai oder Ahmedabad, bekannten Zentren für die Behandlung von Nierenerkrankungen, behandeln zu lassen. Seema hatte viele Freunde in Ahmedabad, also kamen sie in mein Krankenhaus und schrieben sich in der Nephrologie-Abteilung ein. Nach einigen Monaten Dialyse empfahl der Arzt eine Nierentransplantation als beste Lösung. Prabhu hatte keinen geeigneten Spender und befürchtete, er würde sterben, während er auf eine Niere von einem hirntoten Patienten wartete.

Seema liebte Prabhu zutiefst und wusste, dass sie diejenige sein musste, die ihre Niere spendete. Sie drückte ihre Bereitschaft gegenüber Prabhu aus, der sich zunächst weigerte, ihre Gesundheit nicht gefährden zu wollen. Er argumentierte, dass einer von ihnen für sein Kind gesund bleiben müsse. Seema konsultierte jedoch den Arzt, der erklärte, dass eine Niere ausreicht, um ein gesundes Leben zu führen, und auf diese Weise könnten sie beide ihr Kind unterstützen. Nach langer Überredung und schweren Herzens stimmte Prabhu zu. Aber wie es das Schicksal wollte, war Seemas Niere Prabhu nicht gewachsen.

Seema und Suhana waren im vergangenen Jahr beste Freunde geworden. Während ihre Ehemänner stundenlang dialysiert wurden, redeten die beiden Frauen miteinander. Sie wurden wie Schwestern, und ihre Kinder fingen an, sie so zu nennen. Ein besonders emotionaler Moment ereignete sich, als

Suhana einen Rakhi an Prabhu band und Seema dasselbe mit Rafiq tat. Während dieses herausfordernden Jahres genossen die Kinder alle Feste zusammen. Es war herzerwärmend zu sehen, wie die Kinder die Geeta und den Koran mit Hilfe ihrer jeweiligen Mütter studierten. Suraj begrüßte Ayesha und Athiya mit "Salam Alaikum", und Ayesha und Athiya antworteten mit "Jai Shree Ram". Die Menschen im Dialyseraum schöpften Kraft aus ihrem Beispiel und glaubten, dass selbst ein Bruchteil ihrer positiven Einstellung ihnen durch ihre eigenen schwierigen Zeiten helfen könnte.

Als beide Familien die Nachricht von den nicht übereinstimmenden Nieren erhielten, weinten Seema und Suhana umeinander. Seema wurde ausgebildet und begann, jeden Aspekt der Organspende, Regierungsinitiativen und Einschreibungsprogramme zu erforschen. Sie diskutierte ihre Ergebnisse mit Suhana, und sie suchten Informationen aus allen möglichen Quellen. Obwohl sie bürgerliche Familien waren, die Kinder zu unterstützen hatten, hatten sie Selbstachtung und bettelten nicht um Geld. Stattdessen beantragten sie Kredite und staatliche Programme, um die notwendigen Mittel zu sichern.

Eines Tages stieß Seema beim Lesen auf das Konzept einer Swap-Nierentransplantation, eine legale Methode für Familien mit nicht übereinstimmenden Spendern, die mit anderen Familien übereinstimmen könnten. Seema sah einen Hoffnungsschimmer und besprach ihn mit Suhana.

Suhana fragte: "Seema, was ist diese Swap-Transplantation?"

Seema erklärte: „Angenommen, Rafiq braucht eine Niere, und deine passt nicht. Prabhu braucht auch eine Niere, und meine passt nicht dazu. Wenn deine Niere zu Prabhu passt und meine Niere zu Rafiq, können wir eine Nierentransplantation durchführen. Dies wird als SWAP bezeichnet, was Austausch oder Kreuz und quer bedeutet."

Als sie das hörte, sprang Suhana von ihrem Sitz und rief: „Ya Allah, danke! Wenn das möglich ist, dann können wir Schwestern ein glückliches Leben zusammen haben."

Sie fügte eifrig hinzu: „Seema, komm schon, lass uns mit dem Arzt sprechen. Lass es uns sofort tun."

Beide waren sehr glücklich. Sie gingen zum Arzt und erkundigten sich nach der Swap-Transplantation. Der Arzt war überrascht, dies zu hören, da sie sich ihrer engen Freundschaft nicht bewusst war. Sie erklärte alles über die SWAP-TRANSPLANTATION und die damit verbundenen rechtlichen Protokolle.

Beide Familien gaben bereitwillig ihr Einverständnis. Als ob Gottes Test vorbei und die Ergebnisse aus waren, waren die Übereinstimmungen perfekt. Alle Regierungsprotokolle wurden abgeschlossen, und mit der erforderlichen Genehmigung und Zustimmung wurden die Nierentransplantationen für beide Patienten erfolgreich durchgeführt.

Ein Jahr später leben beide Familien als Nachbarn in Madhya Pradesh, als Rafiq dorthin zog. Sie leben wie eng verbundene Verwandte, und alle drei Kinder lernen die wertvolle Lektion der Einheit in der Vielfalt.

Einheit inmitten des Chaos

Das V.S. Hospital, eine staatliche Einrichtung im Herzen von Ahmedabad, Gujarat, war am Morgen des 26. Januar ungewöhnlich ruhig. Trotz des Nationalfeiertags befanden sich Dr. Aman, Dr. Mehul und Dr. Somesh im Notdienst, ihre Gesichter waren vor Frustration geätzt, als sie durch die Krankenstationen stapften, sich um Patienten kümmerten und sich um Verbände kümmerten.

"Happy Republic Day, was?" Dr. Mehul murmelte sarkastisch, als sie ihre Runde machten.

»Ja, erzähl mir davon«, murrte Dr. Somesh. "Wir sollten entspannt zu Hause sein."

In diesem Moment erschütterte ein durchdringender Schrei die Luft. "Doktor, bitte hilf mir! Mir ist sehr schwindelig ", rief Ashma, eine Patientin, und ihre Stimme zitterte vor Angst. Dr. Aman, der sich selbst leicht benommen gefühlt hatte, eilte zu ihr. Als mehr Patienten begannen, ähnliche Beschwerden zu äußern, wuchs sein Verdacht.

»Irgendetwas stimmt nicht«, sagte Dr. Aman, seine Stimme beunruhigt. Plötzlich zitterte der Boden unter ihnen heftig. Das Krankenhausgebäude bebte und Chaos brach aus. Die Leute schrien und rannten in alle Richtungen, einige schrien, dass es sich um einen Angriff eines Nachbarlandes handelte.

"Es ist ein Erdbeben!" Schrie Dr. Mehul, sein Gesicht blass. "Wir müssen hier raus!"

Als sie ins Erdgeschoss kletterten, erkannten die Ärzte den Ernst der Situation. Im zweiten Stock erreichten Hilferufe von der Intensivstation und den OP-Stationen ihre Ohren. Dr. Aman, Dr. Mehul und Dr. Somesh tauschten entschlossene Blicke aus und rasten auf die Intensivstation zu.

Die Szene auf der Intensivstation war schrecklich. Zehn Patienten auf Beatmungsgeräten schnappten nach Luft, der Strom wurde durch das Erdbeben abgeschaltet. Verwandte standen hilflos daneben, ihre Gesichter waren voller Panik.

"Dr. Mubin, Dr. Bhavin, Dr. Gaurav, hier drüben!" Dr. Aman rief an, als mehr medizinisches Personal ankam. Die Krankenschwestern Shamina, Ritika und Irshan schlossen sich ihnen mit entschlossenen Gesichtern an.

»Hören Sie zu«, sagte Dr. Aman und wandte sich an die Angehörigen. „Wir brauchen Ihre Hilfe, um mit Ambu Bags Luft in die Patienten zu pumpen. Wir zeigen dir, wie das geht."

Gemeinsam arbeiteten sie methodisch und brachten den Angehörigen bei, die manuellen Reanimatoren zu verwenden. Die Ärzte und Krankenschwestern bewegten sich schnell, teilten die Aufgaben und stabilisierten die Patienten.

"Wir müssen sie an einen sichereren Ort evakuieren", drängte Dr. Somesh. »Rufen wir die Stationsjungen um Hilfe.«

Mit Hilfe von Stationsjungen und zusätzlichem Personal begannen sie, Patienten an einen sichereren Ort zu bringen. Trotz des Chaos brachten ihre koordinierten Bemühungen einen Anschein von Ordnung in die Situation.

Als sie schließlich das Erdgeschoss erreichten, war die Szene eine der völligen Verwüstung. Die Menschen schrien um Hilfe, Wut und Angst, die sich in der Luft mischten. Inmitten des Leidens und der Verwirrung entfaltete sich ein bemerkenswerter Anblick. Gesundheitspersonal aller Religionen, Bürger aus allen Gesellschaftsschichten, kamen zusammen, getrieben von einem gemeinsamen Ziel.

»Wir müssen weitermachen«, sagte Dr. Mehul mit fester Stimme. „Diese Leute brauchen uns."

Für Tage nach dem Erdbeben leuchtete diese Einheit in der Vielfalt hell. Mitarbeiter des Gesundheitswesens, unabhängig von ihrem Hintergrund, arbeiteten Tag und Nacht unermüdlich, um den Überlebenden zu helfen. Angesichts der überwältigenden Tragödie wurden ihre kollektive Stärke und ihr Mitgefühl zu einem Leuchtturm der Hoffnung für alle.

Nach der Katastrophe war das V.S. Hospital ein Beweis für den unbeugsamen Geist der Menschheit, wo die Einheit über Chaos und Leiden triumphierte.

Echos der Einheit: Eine Geschichte des Ram-Tempels

Anil, ein indischer Architekt, stand stolz vor dem majestätischen Ram-Tempel in Ayodhya. Er hatte sehnsüchtig auf die Ankunft seines alten Freundes James gewartet, eines Historikers aus England. James war schon immer von Indiens reicher Geschichte und kulturellem Wandteppich fasziniert gewesen, und Anil wusste, dass dieser Besuch etwas Besonderes sein würde.

Als James ankam, weiteten sich seine Augen beim Anblick des Tempels, dessen makelloser weißer Makrana-Marmor im Sonnenlicht glänzte. "Anil, das ist unglaublich", sagte er mit Ehrfurcht in seiner Stimme. „Die Architektur ist atemberaubend."

"Warte, bis du die Geschichte dahinter hörst", antwortete Anil mit einem Lächeln. "Dieser Tempel ist ein lebendiges Zeugnis für Indiens Einheit in Vielfalt."

James hörte aufmerksam zu, als Anil anfing, die Geschichte zu erzählen. „Indien hat eine lange Geschichte der Einheit in der Vielfalt, James. Trotz zahlreicher Versuche, uns zu spalten, von Mogulherrschern über britische Kolonisatoren bis hin zu einigen Außenseitern der sozialen Medien, ist Indien stark. Das Ramayana, eines unserer alten Epen, ist ein perfektes Beispiel für diese Einheit. Es erzählt die Geschichte eines Königs, Ram, der sich mit Stämmen, Adivasis, einem Affenkönig und gewöhnlichen Männern verbündete, um den Dämonenkönig Ravana zu besiegen."

Als sie zum Eingang des Tempels gingen, wies Anil auf die verschiedenen Materialien hin, die bei seiner Konstruktion verwendet wurden. „Dieser Tempel ist ein Symbol derselben Einheit. Der Kern besteht aus Makrana-Marmor aus Rajasthan, während Karnatakas Charmundi-Sandstein mit seinen exquisiten Schnitzereien im Mittelpunkt steht. Die Figuren des Eingangstors sind aus rosa Sandstein aus Bansi Paharpur, ebenfalls in Rajasthan, geschnitzt."

James staunte über die komplizierten Details. "Es ist, als ob jeder Stein und jede Schnitzerei ihre eigene Geschichte erzählt."

»Genau«, stimmte Anil zu. „Und es geht über die Materialien hinaus. Gujarat steuerte eine 2100 kg schwere Ashtadhatu-Glocke bei, die durch diese Hallen hallt, zusammen mit einem 700 kg schweren Wagen, der eine spezielle „Nagada" trägt. Der schwarze Stein für Lord Rams Idol stammt aus Karnataka, und die kunstvoll geschnitzten Holztüren und handgefertigten Stoffe aus Arunachal Pradesh und Tripura tragen zur Pracht des Tempels bei. Auch Messingwaren aus Uttar Pradesh und poliertes

Teakholz aus Maharashtra spielen eine bedeutende Rolle."

Sie erreichten die Haupthalle des Tempels, wo die Ashtadhatu-Glocke majestätisch hing. Anil fuhr fort: „Am Tag der Pran Pratistha, der Einweihungszeremonie, erlebte Indien eine beispiellose Demonstration der Einheit in der Vielfalt. Über 150 Heilige aus verschiedenen Traditionen und 50 wichtige Persönlichkeiten, die Stammestraditionen repräsentieren, nahmen teil. Menschen aus allen sozialen Hierarchien waren als Yajmanas oder rituelle Darsteller beteiligt."

James zog eine Augenbraue hoch. „Ich habe Kritik an Indiens Kastensystem und Diskriminierung gehört. Wie hat diese Veranstaltung das angegangen?"

Anil lächelte. "Während der Zeremonie führten Personen aus allen Gesellschaftsschichten, einschließlich Doms, die Hausmeister der Verbrennungsanlagen sind, Vanvaasi (Stammes-) Menschen, Valmiki-Gemeindeführer, nomadische Gemeindeführer und Mitglieder der Lingayat-Gemeinschaft die Rituale durch. Zum ersten Mal in unserer Geschichte kamen Menschen aus Wäldern, Hügeln, Küstengebieten und Inseln zusammen, um an einer einzigen Veranstaltung teilzunehmen. Es war eine tiefe Demonstration der Einheit."

James nickte, deutlich beeindruckt. „Das ist bemerkenswert, Anil. Es ist eine starke Botschaft an die Welt, besonders in diesen Zeiten der Spaltung und Fehlinformation."

Anil schaute auf den Tempel hinaus, ein Gefühl von Stolz schwellte in seiner Brust. „Indien war schon immer mehr als das, was manche darzustellen versuchen. In Lord Rams Leben ging es darum, Menschen zu vereinen, und sein Geburtsort hat diese Einheit erneut bewiesen. Trotz der Herausforderungen sind unsere Wurzeln in der Einheit tief verwurzelt."

Als sie dort standen und die Atmosphäre aufnahmen, wandte sich James an Anil. „Danke, dass du mir das mitteilst. Es ist eine Erfahrung, die ich nie vergessen werde."

Anil nickte. "Ich bin froh, dass du hier sein konntest, um es zu sehen. Dieser Tempel ist mehr als nur eine Struktur; er ist ein Beweis für unseren dauerhaften Geist der Einheit in der Vielfalt."

Im Herzen von Ayodhya stand der Ram-Tempel nicht nur als Denkmal des Glaubens, sondern als Leuchtfeuer der Einheit, das in einer oft gespaltenen Welt hell leuchtete.

Der Baum der Harmonie: Eine Geschichte von Einheit in Vielfalt

Kurzgeschichte von Moumita De

Vor langer Zeit steht in Panna, einem friedlichen Dorf von Madhya Pradesh, eingebettet zwischen den sanften Hügeln der Vindhya-Kette und üppig grünen Wiesen, ein alter Banyanbaum, der als Baum der Harmonie bekannt ist. Dieser Baum war nicht wie jeder andere, er hatte lebendige Blätter in jeder erdenklichen Farbe, und jedes Blatt repräsentierte eine andere Geschichte, Kultur und Tradition aus der ganzen Welt. Die Dorfbewohner glaubten, dass der Baum der Harmonie ein Symbol für ihre Einheit in der Vielfalt sei.

Jedes Jahr feierte das Dorf ein großes Fest der Farben. Während dieses Festivals kamen Menschen mit unterschiedlichen Hintergründen, Kulturen und Traditionen zusammen, um ihre Unterschiede und Gemeinsamkeiten zu feiern. Das Dorf war ein Mosaik der Kulturen, mit Familien aus fernen Ländern, die jeweils ihre einzigartigen Bräuche, Speisen und Geschichten mitbrachten.

An einem hellen und sonnigen Morgen waren die Vorbereitungen für das Festival der Farben in vollem

Gange. Die Luft war erfüllt vom Aroma köstlicher Speisen aus verschiedenen Teilen der Welt und der Klang von Lachen und Musik hallte durch die Straßen des Dorfes. Die Dorfkinder mit aufgeregten Augen halfen ihren Eltern eifrig, den Dorfplatz mit bunten Bändern, Laternen und Blumen zu schmücken.

Inmitten der Vorbereitungen stand ein junges Mädchen namens Mili und starrte auf den Baum der Harmonie. Mili war bekannt für ihre unersättliche Neugier und ihre Liebe zu Geschichten. Sie fragte sich oft, wie der Baum so magisch wurde und warum er für das Dorf so wichtig war. Ihre Großmutter, eine weise und sanfte Dame, bemerkte Milis Faszination und beschloss, die Geschichte des Baumes der Harmonie zu erzählen.

"Komm Mili", sagte ihre Großmutter und führte sie zu einem gemütlichen Ort unter dem Baum. „Lassen Sie mich Ihnen eine Geschichte erzählen, wie dieser Baum entstanden ist."

Vor langer Zeit, bevor das Dorf gegründet wurde, wurde das Land von verschiedenen Stämmen bewohnt. Diese Stämme waren oft in Konflikt, jeder glaubte, dass ihre Lebensweise überlegen war. Das Land wurde von Zwietracht geplagt und die Menschen litten darunter. Eines Tages kam ein Wanderer namens Amani im Land an. Amani war eine weise und freundliche Seele, die weit gereist war und verschiedene Kulturen und Traditionen kennengelernt hatte. Sie trug einen geheimnisvollen

Samen mit sich, von dem sie behauptete, er habe die Macht, dem Land Frieden und Harmonie zu bringen.

Amani versammelte die Anführer der Stämme und erzählte ihnen von ihrer Vision. Sie erklärte, dass der Samen, den sie trug, zu einem prächtigen Baum werden konnte, aber es brauchte die Liebe und Zusammenarbeit aller Stämme, um skeptisch, aber hoffnungsvoll zu gedeihen. Die Führer einigten sich darauf, ihre Differenzen beiseite zu legen und zusammenzuarbeiten, um den Samen, den sie trug, zu einem prächtigen Baum zu pflanzen, aber es brauchte die Liebe und Zusammenarbeit aller Stämme, um zu gedeihen. Skeptisch, aber hoffnungsvoll, einigten sich die Führer darauf, ihre Differenzen beiseite zu legen und zusammenzuarbeiten, um den Samen zu pflanzen.

Jeder Stamm trug etwas Einzigartiges zur Aussaat des Samens bei. Ein Stamm brachte fruchtbaren Boden aus seiner Heimat, ein anderer sorgte für kristallklares Wasser aus einer heiligen Quelle und noch ein anderer sang ein altes Lied von Wachstum und Erneuerung. Während sie zusammenarbeiteten, begannen sie, die Bräuche und Traditionen des anderen zu verstehen und zu schätzen.

Mit den vereinten Anstrengungen und der Einheit der Stämme keimte der Samen und wuchs zu einem schönen Baum mit Blättern jeder Farbe heran. Der Baum der Harmonie war ein Beweis dafür, was erreicht werden konnte, wenn die Menschen ihre Unterschiede annahmen und gemeinsam auf ein gemeinsames Ziel hinarbeiteten. Im Laufe der Zeit schlossen sich die Stämme zu einer einzigen, vielfältigen Gemeinschaft zusammen, die schließlich zu dem Dorf wurde, das wir heute kennen.

Mili hörte aufmerksam zu, ihre Augen funkelten vor Staunen. „Großmutter, feiern wir deshalb das Fest der Farben? Sich an die Bedeutung der Einheit in der Vielfalt zu erinnern?"

„Ja, meine Liebe, antwortete ihre Großmutter mit einem Lächeln, „das Festival erinnert uns daran, dass unsere Unterschiede uns stärker und lebendiger machen, genau wie die Blätter dieses Baumes. Es ist eine Feier der Schönheit, die aus der Vielfalt kommt, und der Stärke, die aus der Einheit kommt. "

Als die Sonne unterging, verwandelte sich der Dorfplatz in ein Kaleidoskop von Farben. Laternen jeder Farbe erleuchteten die Nacht, und die Dorfbewohner versammelten sich um den Baum der Harmonie, um die Feierlichkeiten zu beginnen. Es gab Tische voller exotischer Gerichte und die Luft war mit den verlockenden Düften von Gewürzen, Süßigkeiten und frisch gebackenem Brot gefüllt.

Die Feier nahm jedoch eine dramatische Wendung, als plötzlich ein heftiger Sturm hereinbrach. Dunkle Wolken sammelten sich über dem Kopf und der Wind heulte durch das Dorf. Die Dorfbewohner, die zuvor Momente gesungen und getanzt hatten, drängten sich nun vor Angst zusammen.

Der Baum der Harmonie, der seit Generationen aufrecht und stolz gestanden hatte, begann gefährlich im Wind zu schwanken. Seine bunten Blätter wurden weggerissen und zerstreuten sich wie Konfetti im Sturm. Die Dorfbewohner keuchten vor Entsetzen, als ein massiver Blitz den Baum traf und seinen Stamm mit einem ohrenbetäubenden Riss spaltete.

Mili umklammerte die Hand ihrer Großmutter und spürte, wie Tränen über ihr Gesicht strömten: „Großmutter, der Baum! Was wird jetzt mit unserem Dorf passieren?"

Die Augen ihrer Großmutter waren voller Entschlossenheit: „Wir müssen uns an den Geist der Einheit erinnern, der uns zusammengebracht hat. Wir können den Baum retten, wenn wir vereint stehen."

Als die Dorfbewohner trotz des tobenden Sturms ihre entschlossenen Worte hörten, sammelten sie sich. Sie bildeten eine Menschenkette um den Baum der Harmonie und schützten ihn mit ihren Körpern vor dem Wind. Die Stammesältesten sangen uralte Beschwörungen und baten die Geister ihrer Vorfahren um Schutz.

Langsam begann der Sturm nachzulassen. Der Wind beruhigte sich und der Regen wurde zu einem sanften Nieselregen. Die Dorfbewohner, durchnässt und erschöpft, sahen voller Ehrfurcht zu, wie der Baum der Harmonie zu heilen begann. Der gespaltene Stamm flickte sich und neue Blätter sprießen, lebendiger und farbenfroher als zuvor.

Der Baum der Harmonie war ein Beweis für die Einheit und Widerstandsfähigkeit der Dorfbewohner. Der Sturm hatte ihre Stärke auf die Probe gestellt, aber ihre Verbindung war unzerbrechlich. Als die Morgendämmerung anbrach, wurde das Dorf in ein goldenes Licht getaucht und der Baum der Harmonie schimmerte mit neuer Kraft.

Mili sah zu dem Baum auf und ihr Herz schwoll vor Stolz an. Sie erkannte, dass die wahre Magie des Baumes nicht nur in seinen bunten Blättern lag, sondern auch in der Einheit und Liebe, die er unter den Dorfbewohnern inspirierte.

Das Festival der Farben ging weiter, jetzt mit einem erneuerten Sinn für Zweck. Die Dorfbewohner tanzten und sangen, ihre Herzen voller Freude und Dankbarkeit. Sie versprachen, ihre Vielfalt immer zu schätzen, die einzigartige Schönheit jedes einzelnen Blattes am Baum der Harmonie immer zu feiern.

Und so gedieh das Dorf, ein Leuchtfeuer der Einheit in der Vielfalt, ein Ort, an dem jede Geschichte, jede Kultur und jede Tradition geschätzt und gefeiert wurde. Der Baum der Harmonie stand als Symbol für ihre kollektive Stärke und die grenzenlosen Möglichkeiten, die sich ergaben, als sie ihre Unterschiede annahmen und als Einheit zusammenarbeiteten.

Das Ende.

In Erinnerung an eine große Flut

Kurzgeschichte von Dr. Renuka KP

„Hohoihoi rette mich, rette mich", rief Parvati, Witwe eines ehemaligen Dieners, von der Terrasse ihres zweistöckigen Herrenhauses aus. Sie machte eine solche Stimme, als sie ein Fischerboot sah, das sich durch das Wasser bewegte, wo das Land und das Meer wegen der schrecklichen Flut als eins angesehen wurden.

Aber die Bootsleute achteten nicht darauf. Tatsache ist, dass sie ihre Stimme im Klang des Regens nicht gehört haben. Das Boot eilte, um einige Kinder zu retten, die zwei Tage lang in einem nahe gelegenen College ohne Nahrung oder Wasser festsaßen. Parvatis Schreie wurden durch das Geräusch des strömenden Regens und das Brüllen des Windes übertönt. Sie begann dort wieder ängstlich und hungrig zu warten. Was für eine Krise. Sie fragte sich, wie sie das überleben würde. Wird sie hier erfroren sitzen? Angst begann sie zu verfolgen. Sie machte sich Sorgen und wusste nicht, was sie tun sollte. Dann setzte sie sich auf einen Stuhl in der Nähe der Wand und bedeckte sich mit Wolle.

Draußen regnet es heftig. Starker Wind wehte von Zeit zu Zeit und blies das Regenwasser auf die Terrasse. Dann bewegte sie sich entsprechend. Dort sitzend schaute sie sich um. Viele Tapioka- und Bananenpflanzen waren alle kaputt und fielen mit dem Wind. Die Äste des Mangobaums und der Jackfruchtbäume wurden gebrochen gesehen. Die Kokospalmen rotierten im Kreis im Wind. Was ist, wenn es auf die Oberseite des Hauses fällt? Niemand, der hilft. Selbst wenn jemand erfahren würde, was er sonst noch tun kann? Ihr Körper begann bei dem Gedanken zu zittern.

Parvathi kam an die Spitze des Hauses, ohne eine andere Lösung, um dieser Flut zu entkommen, die in das Erdgeschoss ihres Hauses eindrang. Das Meteorologische Zentrum hatte mitgeteilt, dass es sofort keinen Regenmangel geben würde. Alle in der Nähe ihres Hauses gingen in Notunterkünfte. Parvati zog in das Obergeschoss, während alle anderen Familien an sicherere Orte zogen. Das war ihre Schuld. Diejenigen, die an sichere Orte zogen, erhielten genügend Nahrung und Kleidung sowie den Schutz der Gemeinschaft. Aber Parvati wurde in Ruhe gelassen. Seit drei Tagen regnet es ununterbrochen. Sind nicht alle Dämme geöffnet? Eine Situation, die bisher in Parvatis Leben nicht gesehen wurde. Starker Regen, Wind und Überschwemmung. Parvathys Haus befindet sich in einer relativ hohen Gegend. Bei einer kleinen Überschwemmung würde das Wasser dort nicht eindringen. Also schaute sie sich ohne große Sorgen die Nachrichten im Fernsehen an. Jeder wird als so viel Angst angesehen. Was für eine Aufregung war das für die Reporter zu Beginn der Flut.

Jeder Kanal zeigt eine hohe Aufregung, wenn er sensationelle Nachrichten erhält, wie die Aufregung und das Glück der Purakkatu-Küstenbewohner, wenn sie ein gutes Chakara bekommen, dh viele Fische plötzlich, und behauptet, dass ihnen diese Nachricht zuerst einfällt. Wie verrückt sie sind, sensationelle Nachrichten zu bekommen!

Die Zentralregierung vergisst alle politischen Konflikte und hat die Armee selbst um Hilfe gebeten. Wo ist die Politik, wo ist die Menschlichkeit? Seit den heftigen Regenfällen ist auch die National Disaster Management Force bereits gesunken. Alle Straßen waren in dieser Zeit zu einem Fluss geworden.

In jedem Fall ist es gut, dass alle Kinder im Ausland sind. Andernfalls müssen sie möglicherweise auch all diese Katastrophen erleiden. Jetzt bleiben sie dort Sie sehen sich die Nachrichten im Fernsehen an und geben ihrer Mutter von Zeit zu Zeit die notwendige Anleitung. Beide Kinder von Parvati studieren im Ausland. Alte Leute hörten die Geschichte von Überschwemmungen im Jahr einundsechzig und neunundneunzig in der Vergangenheit. Mutter hatte gesagt, dass Parvati zu dieser Zeit nicht geboren wurde.

"Die Flut in neunundneunzig, dem Ältesten von Paru, Janus Stillzeit. Mit diesem kleinen Kind flohen wir in den Sree Moolam Club, indem wir in unserem kleinen Boot segelten. An diesem Tag war ein Boot im Haus. Es war der Vater, der das Boot durch das rauschende Wasser ruderte. Es war eine lebensbedrohliche Reise. Mein Gott, ich hatte 1961 von der Flut gehört, aber ich musste sie erleben, mein Gott." Sie hatte oft gehört, wie ihre Mutter so sagte.

Gestern, als alle ihr Haus verließen, hätte sie auch gehen sollen. Aber sie dachte, sie sei im Obergeschoss sicher. Ihre Familie ist in dieser Gegend wohlhabend. Darüber hinaus hatte sie einige Notfallsachen für diese Hochwasserperiode gesammelt. Sie ahnte nicht, dass eine schreckliche Flut kommen würde. Da sie wusste, dass sie allein war, kam die Hilfstruppe und rief sie an.

"Paruamme, komm mit uns. Das Wasser wird hier nicht plötzlich verschwinden, sind die Dämme nicht offen?'

"Tut mir leid, ich kann im oberen Teil bleiben", sagte sie demütig. Als sie das hörte, fuhr ihr Boot schnell zum nächsten Ziel. Auch die Frau von nebenan hatte sie angerufen,

"Schwester, komm mit uns, das Wasser steigt immer noch. Der Regen strömt ständig nach unten."

Schon damals dachte sie nicht daran, zu fliehen und mit ihnen zu gehen. Vielleicht, obwohl ihr Leben in der Flut in Gefahr war, hätten sie vielleicht gedacht, dass die Kaste und die religiösen Gedanken durch ihre Geburt sie bis jetzt nicht verlassen hatten. Als er sich erinnerte, war Parvathy sehr traurig.

Es ist eine Katastrophe, die von der dummen Regierung verursacht wurde. Alle Staudämme, die über die Lagerkapazität hinausgingen, wurden dringend geöffnet, um zu verhindern, dass sie platzen. Wie viele Leben wurden in diesem Wasser weggespült? So viele Träume und so viele Wünsche wurden abrupt zerstört. Wie viele Menschen wurden Waisen? Wer ist dafür verantwortlich? Viele Überlebende haben keinen Ort, an dem sie sich ausruhen können, um ihr Leben wiederzuerlangen. Sie verloren alles, was sie bis dahin verdient hatten, und wertvolle Dinge. Es ist nur so, dass es irgendwie das Leben zurückbekommen hat.

Ihr Haus ist in diesen Gegenden etwas höher. Seit sie die Warnung erhalten hat, hat sie das Essen und einige notwendige Gegenstände gemäß dem Rat ihrer Tochter an der Spitze aufbewahrt. Sie stellte den Ofen und das Brennholz dorthin. Aber am ersten Tag fing sie an, Angst vor der Einsamkeit zu haben. Jetzt kann sie nur noch die Geräusche von Menschen hören, die auf der Suche nach dem Leben vorbeikommen. Am ersten Tag fand sie Trost, indem sie die Verwandten anrief und mit ihnen sprach. Aber niemand kann sie erreichen, weil alle bereits auf der Suche nach ihrer Sicherheit gegangen waren.

"Was für eine dumme Sache du getan hast!"

»Warum gehst du nicht ins Lager?«, fragte sie jemand.

"Es war ein Fehler, ich dachte, das Wasser würde nicht so sehr steigen", antwortete sie.

Der Punkt ist wahr. Die Flut hörte nicht auf, wie Parvati erwartet hatte. Das Erdgeschoss wurde an einem einzigen Tag überschwemmt. Am Abend gab es keine Sendung im Fernsehen. Auch die Stromanschlüsse wurden im Wind beschädigt. Sie wusste nicht einmal, dass eine Familie von der Flut in der östlichen Region weggefegt wurde. Alle tiefliegenden Gebiete verwandelten sich in einen Ozean. Nun hat die Öffentlichkeit die Hilfsarbeiten aufgenommen.

Da kamen die Fischer wie Engel. Es scheint, dass sich einige im letzten Moment weise gefühlt haben. Die Fischer mit ihren Fischerbooten halfen vielen Menschen in dieser Krise. Alle fähigen Menschen, einschließlich der gesamten Jugend, schlossen sich der Rettungsaktion an. Es gibt viele kleine Kanus und Boote im Wasser, die für Hilfsarbeiten schwimmen. Es gibt keine Kaste, keine Religion, keine Politik, nur den Versuch, irgendwo Menschenleben zu retten. In der Zwischenzeit geben die Leute Helpline-Nummern im Radio und Fernsehen, um zu helfen, an einen sicheren Ort zu ziehen.

Sie schaut sich ängstlich um und sieht eine Kuh davonschweben. Es gibt viele Lebewesen, die im

Wasser schwimmen. Sie kann aufgrund des starken Regens nicht gut sehen. Es gibt auch viele Boote und Kanus, um sie zu retten. Es kann ein letzter verzweifelter Versuch sein, alle zu retten.

Parvati stand von dort auf und schaute nach unten, indem er auf die Treppe stieg. Alle Zeitungen und Dekoartikel in der Vitrine wurden weggespült. Dort klammern sich einige schmutzige Abfälle fest. Dann fand sie eine kleine Kreatur oben auf dem Schrank. Sie bekam Angst. Sie kam auf den Balkon und schrie. Niemand war draußen, um ihre Stimme zu hören. Sie ging ängstlich in einen oberen Raum.

"Oh Gott, bitte stoppe diesen Regen", betete sie innerlich. Dann hörte sie eine Stimme und schaute aus dem Fenster. Währenddessen war auch ihr Telefon ausgeschaltet.

Rief Parvati, als sie ein Boot fahren sah.

"Komm und rette mich ", rief sie. Aber sie hörten nicht zu. Dann ging sie wieder auf die Terrasse und setzte sich dort hin . Jetzt sieht sie nur noch die Dächer der Gebäude und einige Kreaturen, die sich daran klammern. Bäume wiegen sich im gelegentlichen Regen und Wind Als sie eine traurige Stimme hörte, "Bey Bey", sah sie eine kleine Ziege auf dem Baumstumpf sitzen. Sie war traurig, als sie es sah. Haustiere und wilde Tiere schwammen im Wasser herum. Oh mein Gott, was für ein Regen es ist , seufzte sie.

Seit gestern sitzt Parvati auf der Terrasse und sucht Hilfe. Fischerboote sind jetzt ein Lebensretter an Orten, an denen sogar die Armee und die Regierung aufgehört haben. Das tosende Meer, die vom Meer überfluteten Ufer, die krachenden Wellen, die schwankenden Boote usw. waren bereits ihre besten Freunde geworden, während sie versuchten, ihr Leben an beiden Enden zusammenzubringen. Was gibt es, was sie nicht können? Als Brittas, ein Fischer, sagte, dass eine Frau, die den Wert des Lebens nicht kannte, versuchte, ihn zu bezahlen, während sie ihr Leben rettete, neigten viele Menschen den Kopf. Manche Menschen versuchen, ihre Haustiere und nicht das Leben von Menschen zu retten. Was für Ansichten! Das gesamte Gebäude des größten reichen Mannes, das den Einheimischen offen stand, war eine gute Überschwemmungsszene

Unaufhörlicher Regen und Wind. Alle Dämme sind übergelaufen. Einer der alten Dämme verbreitet während der Regenzeit immer Angst. Diejenigen, die stromabwärts leben, leben immer in Angst, die Morgendämmerung zu sehen. Journalisten gehen nur mit Beschwerden, wenn es anfängt zu regnen. Wenn der Regen aufhört, wird die Datei ausgeschaltet. Dasselbe gilt für die Straßen. Wenn es anfängt zu regnen, dann gibt es eine Diskussion über die durchnässte Straße, und wenn der Regen vorbei ist, hat niemand irgendwelche Gedanken oder Beschwerden.

Von Anfang an haben die Regierung und die Katastrophenhilfe nach besten Kräften Rettungsarbeiten durchgeführt. Die Rettungskräfte haben alle älteren Menschen krank und schwangere wurden zuerst gerettet. Am Tag zuvor hatte eine Frau gesagt, sie müsse den traurigen Blick ihrer alten Mutter und ihres geistig behinderten Bruders sehen, die vor ihren Augen im Wasser dahinschwammen, und sie klammerte sich irgendwie ans Dach und entkam.

Parvati verlor all ihren Mut und dachte, dass auch ihr Haus bald umfallen würde. Sie winkt allen Booten in Sichtweite zu und niemand kümmert sich darum. Alle versuchten, irgendwo nach den Gefangenen zu suchen. Während sie dort enttäuscht blieb, sah sie einen Hubschrauber über dem Haus schweben und begann, ein Ende ihres Sari so hoch wie möglich zu schwenken. Obwohl der Hubschrauber zu diesem Zeitpunkt abreiste, kehrte er nach einer Stunde dorthin zurück. Sie ließen ein Seil vor ihr fallen. Irgendwie betrat sie an seinem Ende den Sitz, kletterte hinauf und rettete. Schon damals gab es heftigen Regen. Der Hubschrauber brachte sie zum neuen Hauptquartier des Lagers. Es gibt keinen Platz zum Sitzen oder Liegen. Was für ein Publikum. Was für ein erbärmlicher Anblick. Für das gemeine Volk gibt es nichts zu tun. An Regen und Wind mangelt es bis heute nicht. Shiva Shiva!, eine Perversion der Natur! Als die Natur alle ihre Vikadatha auslöschte, begann der Mensch, eins zu werden. Vielleicht ist es

Unfug, der geschaffen wurde, um Menschen zu vereinen, die durch unterschiedliche Ideen, Ambitionen, Politik und einen Sinn für Nationalismus getrennt sind.

Mehrere Menschen wurden gerettet, als sich die Rettungsarbeiten nicht auf die Regierung oder die Katastrophenhilfe beschränkten. Diejenigen in den überflutungsfreien Gebieten ergriffen die Initiative, um Trinkwasser, Kleidung, Lebensmittel, Servietten, Matten und Decken zu sammeln und zu verteilen. Parvatis Kinder bestellten Wasser in Flaschen und Servietten in viele Lager. Während die Kleiderordnung, das Verhalten und das Verhalten der neuen Generation heutzutage für manche fragwürdig sind, kümmert sich niemand um ihre Serviceeinstellung. Tatsache ist, dass viele dieser Kinder mehrere Tage zum Dienst in Lagern waren. Was für ein gutes Land. Viele Dinge erreichten uns sogar von nahegelegenen Orten aus. Wie viele fremde Länder haben alle Meinungsverschiedenheiten vergessen und eine helfende Hand ausgestreckt? Die Armee reiste auf dem Luftweg und lieferte Nahrung in alle Lager. Aber wo stecken die Menschen jemals fest? Wie viele arme Menschen wurden im Wasser weggespült?

Parvati erreichte das Lager, indem er sich an den Marinehubschrauber klammerte. Bindu, die voll schwanger war, bereitete sich auf ihre zweite Geburt vor, als die Flut kam, und sie erreichte auch das Lager mit dem Hubschrauber. Von dort wurde sie unter

Führung der Marine ins Krankenhaus verlegt. Dort gebar sie ein wunderschönes Mädchen.

Die armen Menschen wurden in die Krankenhäuser gebracht und die notwendige Behandlung erhalten. Für viele arme Menschen war es eine gute Zeit, da sie wie gewohnt Nahrung und Unterkunft bekamen.

Erst als sie das Lager erreichte, erkannte sie den Schrecken der Flut. In der Zwischenzeit war es interessant zu hören, dass ein Mädchen namens Rima, das jahrelang in einem nahe gelegenen Dorf im Bett lag, sehr überrascht war, das Wasser hereinkommen zu sehen, aufwachte und aus dem Bett rannte. In jedem Fall schuf die Flut eine schreckliche Atmosphäre im Land. Alle kleinen Hütten wurden weggespült. Die armen Leute waren in Schwierigkeiten, als es regnete. Sie hatten kein Haus, zu dem sie gehen konnten. Schon damals traten einige humanitäre Helfer hervor und gaben vielen Menschen einen Platz, um ein Haus zu bauen, und bauten auch einige Häuser. Trotz alledem gab es viele Gruppen junger Menschen, einschließlich Studenten, unabhängig von Kaste, Glaubensbekenntnis und Hautfarbe. Sie halfen zusammen mit der Armee, schlammbedeckte Straßen und Häuser zu reinigen. Wenn jemand die Sorgfalt der Kinder sieht, wird er die Einheit in der Vielfalt des Landes verstehen.

Eine Woche später ging Parvati zum Haus und sah, dass das Haus mit Schlamm bedeckt und zerbrochen war. Die Sobha-Setty-Stühle im Erdgeschoss waren alle kaputt. Die Rettungskräfte nahmen alles und stellten es nach draußen. Sie sahen eine Kobra unter dem Kühlschrank. Irgendwie entkamen sie knapp seinem Angriff. Alle Utensilien in der Küche wurden weggefegt. Das Haus war ein Anblick. Wie auch immer, sobald sie das schlammbedeckte Haus sahen, wurde sie zurück ins Lager gebracht. Später wurde es nach einer Woche mit Hilfe ihrer Kinder gereinigt.

Die Bewohnbarkeit der tief gelegenen Gebiete dauerte Wochen. Dann war für einige Zeit die Kanaldiskussion über den Grund für die Flut. Die Regenmenge war mehr als jedes Jahr. Alle sind sich einig, aber wenn jeden Tag eine bestimmte Menge Wasser freigesetzt würde, hätte eine solche Überschwemmung vermieden werden können. Ein Politiker darf kein Diplomat sein, um zu regieren. Wenn solche Personen in Autoritätspositionen versetzt werden, können solche Schwierigkeiten auftreten. Aber der stille Schmerz und die Seufzer derer, die die Häuser und Unterkünfte ihrer Lieben verloren haben, werden ein Fluch sein.

Auf jeden Fall brauchte Parvati trotz ihres Egos am Ende die Hände eines Punjabis, um zu entkommen. Was für eine großartige Lektion diese Flut dem Menschen lehrt. Niemand kann den Zivilisten vergessen, der ein Kind rettete, als die Brücke zerbrach und von der Hand seines Vaters fegte. Obwohl dieses Land voller verschiedener Kasten, Religionen und politischer Ideologien ist, sind sich alle besonders in Notsituationen einig.

Parvatis Kinder erzählten ihrer Mutter stolz, dass ihr Land uns für unsere Einheit in unserer Vielfalt lobte. Als ein Notfall eintrat, sahen wir uns der Katastrophe gemeinsam gegenüber, unabhängig von all unseren Abneigungen. Der Dienst der Fischer war unvergesslich.

Nach der Flut öffneten die Schulen einen Monat lang nicht, da die meisten von ihnen in Hilfslagern waren, da es immer noch ein paar Leute gab, die keinen Ausweg hatten. Diejenigen, deren Häuser völlig zerstört wurden. Parvati gab einigen von ihnen Einrichtungen in ihrem Haus. Sie gab auch viel Geld, Kleider usw. So wurde die große Katastrophe der Sintflut zum Vorbild, um unsere Einheit in der Vielfalt zu zeigen. Es ist wahr zu sagen, dass es in jedem Unglück Gutes geben wird. Parvatis Verhaltensänderung, der aufrichtige Dienst der Fischer und die Genesung des bettlägerigen Patienten, der soziale Dienst der Jugend sind einige Silberstreifen zwischen den Flutkatastrophen. Selbst dann gibt es nichts, was die Schmerzen derjenigen ersetzen könnte, die ihre Lieben, ihr Zuhause und diejenigen, die alle ihre Einkommensquellen verloren haben, verloren haben. Wenn man den Regen sieht, betet jeder, dass eine solche Flut nie wieder passieren wird.

Über die Autoren

Kajari Guha

Ausgestattet mit dem Schatz jahrzehntelanger Erfahrung als Englischlehrer für die Schüler der Sekundarstufe II einer renommierten indischen Schule ist Kajari Guha ein veröffentlichter Autor mit hervorragenden Kenntnissen in Englisch, Bengalisch und Hindi. Sie schrieb mehrere akademische Bücher für Englischschüler, die die englische Sprache verbessern möchten. Memoiren wie Bridging the gap, Don 't know Why, Athocho Tumi Udasin, Rangeen, Mahakte Khwab und die Geschichten und Gedichte, die in den Anthologien enthalten sind, wie Echoes of Ages Yudh Shastra, The Lyrics und The Character-Sketch mit winzigen Geschichten,die Geschichten von Pinky Mehra,Born to Thrive, der Comic Con wie Pink, Rick und Pip....die Scuba Divers, Euphoric Vendetta - ein Thriller und viele mehr, der von Ukiyoto veröffentlicht wurde,haben bereits den Teller ihrer literarischen Küche geschmückt, um selbst die abgestumpften Gaumen der Leser weltweit zu fesseln. Sie hat "Tulsi Ramayana 1008 panktite niboddho" aus dem Hindi ins Bengalische übersetzt, das von Houston TX,USA, veröffentlicht wurde.

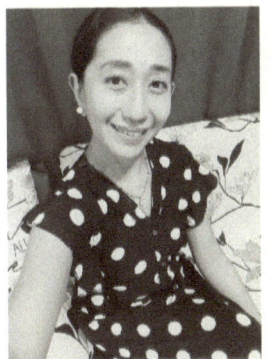

Rhodesien

Rhodesien ist eine facettenreiche Person - ein philippinischer Arzt, ehemaliger Professor für medizinische Biochemie, ehemaliger klinischer und akademischer Administrator, Autor, Maler und Dichter. Im bemerkenswerten Alter von neun Jahren wurde sie als jüngste Autorin der Philippinen gefeiert, weil sie eine Gedicht-Anthologie zusammenstellte. Während sie sich derzeit dem Ziel verschrieben hat, eine liebevolle Mutter von zwei Kindern zu sein, trägt sie weiterhin durch Telekonsultationen zum Wohlergehen anderer bei und entfacht gleichzeitig ihre Leidenschaft für das geschriebene Wort.

Aurobindo Ghosh

Aurobindo Ghosh ist eine vielseitige Persönlichkeit Nach Abschluss von B.Sc, M.Sc, M.Phil, Ph.D. in Statistik und Ph.D. in Wirtschaftswissenschaften unterrichtete Dr. Aurobindo Ghosh fast 35 Jahre lang sowohl Studenten als auch Doktoranden der Statistik am Government of Maharashtra College. Nach seiner Pensionierung trat er verschiedenen Management-Institutionen als Principal in ganz Indien bei. Sein erster Gedichtband „Lily on the northern sky" wurde von Notion Press mit dem Preis von Ukiyoto Publishing ausgezeichnet und anschließend in französischer, deutscher, spanischer und arabischer Sprache übersetzt. Er schreibt regelmäßig Beiträge für die Anthologien des Ukiyoto-Verlags. Seite an Seite beschäftigte er sich auch mit der Schaffung von Acryl-, Warli- und Madhubani-Gemälden. Dr. Aurobindo Ghosh schreibt Gedichte, Kurzgeschichten in verschiedenen Sprachen, speziell in Englisch, Bengali, Hindi, Gujarati und Marathi. Seine anderen literarischen Kreationen sind Insight Outsight; eine Sammlung von Kurzgeschichten auf Englisch, Mejoder golpo, eine Sammlung von Kurzgeschichten auf Bengalisch und Chhondo Hole Mondo Ki; eine Sammlung von Gedichten auf Bengalisch. Sein neuestes Solo-Buch „Bimladadis Traum" wird von Ukiyoto Publishing veröffentlicht.

Dr. Yogesh A Gupta

Dr. Yogesh A. Gupta ist Oberarzt und praktiziert seit 20 Jahren in Ahmedabad, Indien. Er hat drei Bücher und mehrere Kurzgeschichten geschrieben. Er zielt darauf ab, ein Echtzeitbild der Gesellschaft in seinen eigenen Worten darzustellen, indem er Instanzen aus seinem Leben darstellt, die verschiedene Perspektiven bieten. Die Charaktere in seinen Geschichten sind von Menschen inspiriert, denen er sein ganzes Leben lang begegnet ist.

Moumita De

Moumita De ist eine produktive Autorin, die einen bedeutenden Beitrag zur Welt der Literatur geleistet hat. Für ihre Schriften wird sie mit verschiedenen Preisen geehrt. Sie erforscht verschiedene Themen und präsentiert ein reichhaltiges literarisches Repertoire.

Dr. Renuka. KP

Frau Renuka K.P., eine pensionierte Tahsildar, stammt aus dem Bezirk Ernakulam in Kerala. Nach ihrer Pensionierung verbringt sie die meiste Zeit als Bloggerin in den sozialen Medien und hat auch einen YouTube-Kanal. Sie hat zwei Geschichtenbücher auf Englisch und eines auf Malayalam veröffentlicht. Sie hat auch Geschichten in einigen Anthologien geschrieben und erhielt mehrere Anerkennungen für ihre literarischen Werke. Kürzlich hat die WCEPC ihr mit ihrer Mitgliedschaft die Ehrendoktorwürde in Literatur verliehen. Ihre Geschichten wurden in vier Fremdsprachen übersetzt.

www.ingramcontent.com/pod-product-compliance
Lightning Source LLC
LaVergne TN
LVHW091531070526
838199LV00001B/13